星之魔法少女 1
星光寶石的魔法

車人 著

新雅文化事業有限公司
www.sunya.com.hk

人物介紹

畢芯言

年齡：11歲

來自：地球

身分：小五學生，魔法少女

魔法元素：光

魔力來源：星之碎片——紫水晶

魔法裝備：光之魔仗

高柏宇

年齡：12歲
來自：地球
身分：小五學生
魔法元素：火，也能運用風和水
魔法裝備：魔法指環

騰騰

原名：亞古力多克司
年齡：❓
性別：❓
來自：魔幻國──星空王域
身分：魔法精靈
魔法等級：第一級

夢裏的請求

微風輕輕吹過少女及肩的髮端，送來一陣甜蜜的花香味道。

少女緩緩張開雙眼，卷曲而濃密的睫毛下是一雙明媚的眸子，映入眼簾的是一處感覺熟悉的地方。

她站在一座小山嶺上，腳下踏着一片紫藍色的茸茸草地，背後是深淺不一的粉紅色茂密樹林。

她俯瞰山下那不斷噴涌的銀色噴泉，潺潺的流水在色彩斑斕的花田間悠然穿梭。

在小島的另一邊，那座尤如水晶般閃爍的古老城堡懸浮在半空，城堡頂層綻放着七色幻彩光芒，照耀着整個地方。

記憶中，少女到訪過這裏很多遍了，但眼前的景色無論看多久，感覺都是那麼神奇，那麼美麗。

夕陽漸漸下垂，少女獨個兒卧在草地上，仰望天空中的一抹淡淡而恬靜的金光。

「芯言……芯言……」一把溫柔的聲音幽然地傳來，多麼的悦耳。

「是誰？是誰在叫喚我？」身材嬌小的少女站起

來，一張白皙而精緻的臉孔四處張望，卻看不到半個人影。

少女的名字叫畢芯言，她擁有一雙清澈的眼睛，和一顆純真的心。

芯言感到頭上有東西掠過，她抬頭一看，是一顆粉紫色的雪花正從天空中飄落，於是她伸出手來，接着那顆雪花。

「這不是雪啊，一點也不冷，而且有淡淡的香氣。」芯言把它捧在鼻子前，輕輕嗅着。

突然，一道紫光徐徐從芯言的掌心透出來，是從那紫色雪花散發出來的。

發光的雪花在芯言的手心緩緩升起，飄浮在半空中。

「芯言，你就是芯言嗎？」剛才那把婉轉而又略帶憂傷的聲音再次響起。

「對啊！是你在呼喚我嗎？」芯言眉頭微微一蹙，好奇地問發光的雪花，同時她感到紫色的光漸漸增強，好比正午猛烈的陽光打入眼簾內，刺眼得令她伸手擋住強光。

紫光逐漸把一切吞噬，當芯言再次張開眼睛，發現自己正置身於一個飄浮在半空的透明玻璃球內，外面盡

是一望無際的白霧，剛才仙境般的景物消失得無影無蹤。

「這裏是什麼地方？」芯言嚇了一跳，她揉揉雙眼左顧右盼，外面霧太濃了，天空被厚重的霧遮擋着，隔着玻璃都感覺到外面的寒意⋯⋯

「這裏是我的結界，只有在這裏我才不會被發現⋯⋯」剛才的聲音再次傳來，隱隱透着一份哀傷，「沒時間了，請求你⋯⋯趕快前來魔幻國一趟⋯⋯」

「魔幻國？我從未聽過這個地方⋯⋯」芯言甩甩頭，一臉疑惑，「我只是一個小學五年級學生⋯⋯」

芯言還未説完，她就看到無數紫色的光芒從四方八面流竄入她的掌心，隔着皮膚她看到紫光透出來，從血管擴散開去，芯言感到身體內傳來一陣熾熱，血液在急速地流動。

「呀！為什麼會這樣的？」一下子，她的全身都滲出紫色光芒。

「芯言，現在就只有你有力量去改變魔幻國，不要害怕，你要相信你自己⋯⋯」顫抖的聲音越來越遠，帶着憂傷的餘音，最後悄悄地消失於空氣中。

遼闊的世界全是一片白色混沌的蒼茫，只剩下安靜，寂寞，冰冷。

「等等啊⋯⋯」芯言放聲追問，但傳來的只有自己的回音。

忽然，芯言感到半邊臉涼透了，她隨手摸摸臉龐，「咦？怎麼濕漉漉的？」

原來是一塊濕布貼着她的臉。

芯言無意識地把緊貼她臉上的布拈起，喃喃地說：「竟然又再做相同的夢呢！」

芯言剛從夢中驚醒，腦子裏還有點混沌。

「什麼來的？」她揉着還未睡醒的雙眼，望着手上的濕布，「這條灰色的⋯⋯不是用來抹地的地布嗎？」

「嘩呀！很骯髒啊！」芯言回過神來，立即把地布用力拋掉，手背用力擦着自己的臉。

「喂！快起來了！別說我不提醒你，你再不起來就一定會遲到了！」一把冷冷的聲音在芯言的牀邊叫道。

「是哥哥？」驚魂未定的芯言立時聯想到這是他哥哥做的惡作劇，一定是他把那又髒又臭的地布當作面膜套在自己白滑的臉上。

「森樂！」芯言氣得支起上半身，把聲音提高八度放聲大叫。

森樂看到芯言完全醒過來後，便拍拍屁股離開她的房間。

只想多睡幾分鐘的芯言沒森樂法子，她再次酥軟地倒在牀上，這時半開半合的眼睛卻瞄到牀頭的鬧鐘。

　　「什麼？八時了？為什麼鬧鐘不響啊？」芯言嚇得整個人彈了起來，「騰騰，你幹嗎不叫醒我？」

失憶的小兔子

　　和煦的陽光從樹葉縫隙透出來，就連昨晚被雨水弄濕的地面都完全被曬乾了，空氣也特別清新，不過芯言沒時間去感受這個美好天氣了，因為……

　　因為她快要遲到啦！

　　「騰騰，坐穩啊，今天我會踩得比平日更快的！」芯言輕輕扶穩抓在她頭上的騰騰，騎着單車向學校全速前進。

　　「芯言呀，我還未吃早餐的啊！」騰騰打了個呵欠，失落地說，「肚空空的坐單車會吐的啊！」

　　「哎呀，你千萬別吐呀！要不我先把你摘下來放在書包裏吧！」芯言認真地告誡着騰騰。

　　「不要，坐在這裏最舒服了，我盡量控制一下吧……」說罷，騰騰便抿起嘴巴。

　　「都怪我那無聊的哥哥，一定是他偷偷潛入我的房間把我的鬧鐘關掉，好讓我不能與他爭先梳洗！」芯言心裏抱怨，她起勁踩着腳踏發洩不滿。「嗯嗯……不會錯的了，難怪今天我起牀時他已經準備好出門了！」

　　微風輕輕把樹上的葉子吹得沙沙作響，青澀的草香

在林間穿梭徘徊。

「呀，要再加快一點了，今天的第一節課是非常重要的廣播劇分組，我一定要跟林芝芝分為同一組的！」

「什麼是廣播劇？」騰騰那長長的耳朵被風吹得翻來覆去。

「廣播劇就是五年班下學期的重頭課業，由兩至三位學生分成為一組，每組圍繞一個自選主題做一個廣播劇，由選題、創作編劇、排練和聲演都要處理，一個月後會輪流向全級老師和同學表演，」芯言認真地解釋說，「因為成績會直接影響學期評分，所以同學們都非常重視，絕對不容有失。」

「那為什麼一定要跟林芝芝同一組？」騰騰滿臉疑惑地問。

「那當然因為林芝芝是我的最好朋友啦，這兩天你在學校也看到她是多麼聰明又善良，而且成績又好，跟她拍檔一定會很愉快的，」芯言笑說，「更重要當然是可以確保取得很高分呢！」

「這樣聽來，似乎你只是打算依賴高材生林芝芝的幫忙，然後坐享其成！」騰騰偷偷伸出一隻手敲向芯言的頭，揶揄她說。

「才不是呀⋯⋯」芯言彷彿被看穿了似的，撇起那

櫻桃色的小嘴巴。

芯言瞄了一下手腕上的錶，心裏暗忖：「拜託千萬……千萬不要出什麼亂子啊！」

芯言和騰騰只是在三天前認識，抓在芯言頭上的騰騰在一般人眼中只是一隻裝飾有純白色兔子臉孔的髮夾，但其實，他是一隻魔法小精靈。

芯言的思緒回到三天前的下午，她下課後，在回家途中發現了小巷內的一家舊式二手商店。這家店彷彿有一種魔力吸引着芯言的雙腳，令她不由自主地走向它。

二手商店看來有點殘舊，門牌都褪了色，似乎開業好一段日子了，只是芯言一直沒有察覺它的存在。

「叮叮……」芯言推開大門，掛在門上的風鈴隨即發出清脆的聲音。

相對門面，店舖內的陳設是意想不到的光鮮，一點也不老舊，芯言走進去，看到貨架上每一件物品都是獨特的，沒有重覆的東西，而且看上去還很新淨，也許是因為店主把貨物清潔及修補得宜，貨品彷似全新的一樣，一點也不像二手的。

在飾櫃前，當芯言第一眼看到這隻小兔子髮夾，她就喜歡上它了，漲鼓鼓的臉蛋，用玻璃珠子做的紅眼睛，還有幼細光滑的軟毛，手工精緻，彷彿是一件珍貴

的工藝品，加上那個令她心動的便宜價格，芯言沒有多想就拿出儲了一個多月的零用錢來，把它據為己有。

當晚，芯言回到自己的房間，把及肩的烏亮長髮往後梳，束成一條馬尾辮子，並把髮夾夾在辮子上。她把頭左右擺動，滿意地望着鏡中的自己。

「很可愛啊！明天就這樣戴着上學吧！」芯言欣喜地說。

「不可愛喔！」芯言忽然聽到一把聲音。

「誰說的？」芯言轉身，根本沒有人，也許是她的錯覺。

芯言皺着眉再次看着鏡中的自己，她歪歪頭，不解地自言自語：「很可愛啊！」

「不可愛啊！」剛才的聲音再次傳來，「我看不到前面呀！」

芯言嚇了一跳，房間內根本沒有人，她側着頭望着鏡子，映入眼簾的只有夾在辮子後的髮夾。

「不可能的！」芯言把兔子髮夾摘下來放在掌心，她盯着髮夾，越看越覺得上面那隻小兔子栩栩如生。

「是你說我不可愛的嗎？」芯言用指尖敲了小兔子的鼻子一下，問。

小兔子被她一戳，鼻子立即抖了一抖，然後接連打

了好幾個大噴嚏。

芯言看傻了眼，一時不懂得反應過來。

小兔子那如寶石般的眼珠兒骨碌骨碌地轉動，他清晰地說：「我的鼻子很敏感的，別再觸碰它好嗎？」

「你……你懂得……說話？」芯言嚇得雙腿發軟。

芯言是一個膽小怕事的女生，怕黑、怕與陌生人共處、怕怪物，她從小就對恐怖或者是驚慄的故事非常抗拒，就連一些關於災難的新聞她都刻意避開。

當芯言看到面前毛茸茸的東西跟她講話，差點把她的膽子也嚇破。

「還不止！」髮夾上的兔子猛地抖動面孔，露出又大又白的牙齒，並發出「依依」的聲音。

在小兔子頭顱的下方慢慢爬出一隻白色的小手來，牠用手掌上的粉紅色肉枕擦着鼻子，而另一隻手隨後從另一邊伸出，接着小兔子用力一撐，把牠的身體和雙腿也踢了出來。

「啵——」最後，小兔子毛毛球般的尾巴也彈了出來，牠的身體差不多長大了十倍，牠用力在芯言手中一躍，跳到書枱上。

看着小兔子髮夾變身成真的「小」兔子，芯言瞪大的眼珠兒幾乎要跳出眼眶。

「你不需要擔心，我的食量不多，每天三餐給我三數條紅蘿蔔就夠了！當然，正餐之間我很樂意嘗試不同的零食。」小兔子一邊揮動手臂活動着筋骨，一邊視察四周的環境，「擁有自己的房間很不錯呀，最好給我做一個溫暖的窩，要有枕頭和被子的啊，我不習慣跟別人一起睡的。」

「還有，我不喜歡洗澡的，你千萬不要把我弄濕啊！」小兔子劈里啪啦的繼續説過不停。

在一輪轟炸機聲音停止後，芯言原本跳得急速的脈搏稍為平靜下來，她感覺面前這個毛東西的長相也不是太可怕吧。於是，她壯大膽子硬着頭皮對小兔子説：「我沒説過要養寵物啊！更何況是這麼煩人、説話沒完沒了的奇怪寵物……」

「唏！我不是寵物來的！」小兔子鼓起腮幫子，説。

「那你是什麼怪東西？究竟是從哪裏來的？」芯言仔細地從頭到腳打量着小兔子。

「唔……我是從哪裏來的……」小兔子低下頭思考了片刻，抓抓頭道，「我也忘掉了……腦海裏只記得我有一個重要的使命……」

「是什麼使命？是誰委託你？」芯言追問。

「嗯……」小兔子把五官擠在一起用力思考，良久，吐出了一句，「噢，一時間我想不起來！」

「那……你有名字嗎？你的家人朋友呢？他們都跟你一樣會變身的嗎？」芯言皺起眉頭，顯得不耐煩。

「一點印象也沒有！」小兔子擺出一副懊惱的模樣，眼珠轉了幾圈也找不着半點頭緒。

「怎麼可能一時之間全都忘記了？你在欺騙我吧！」芯言抱起雙臂，狐疑地說。

「我沒騙你的！我真的沒有說謊！你相信我吧，我……我的腦袋就是空白一片！」小兔子急着解釋。

「假如你沒騙我，那你的腦袋到底裝了什麼呢？」芯言在小兔子的頭上輕輕敲了一下，「冒失鬼，竟然連名字也可以記不住，你的外貌雖然像隻兔子，但你更像一尾金魚吧！媽媽說金魚的記憶只有幾秒鐘，也許你比牠更沒記性。」

被芯言這樣欺負，小兔子的眼眶紅了起來，原本像紅寶石一樣晶瑩的眼睛一下子載滿了淚水，牠垂下長長的耳朵，難過地啜泣。

突然，芯言的內心深處湧出一陣傷痛，「奇怪，為什麼我的心好像被揪住一樣，感覺好難過。」

彷彿與小兔子有一種特別的聯繫，芯言感到小兔子思緒空空如也，似乎進入了一個完全陌生的地方，他並不是撒謊，也不是故意失憶。沒有記憶其實是一件很可怕、很可憐的事，在這個時候，牠最需要的是朋友的支持。

芯言的心裏掠過一絲歉意，她覺得自己的說話過火了，於是向小兔子道歉：「對不起啊！也許你只是受到

外部刺激或者碰撞而短暫忘記了一切，我相信你早晚也會重拾記憶呢！」

「那麼我什麼時候才可以回家？」小兔子擔心地問。

「這個很難說，也許一兩天、一兩個月、一兩年或者更長的時間……」

芯言的說話彷彿刺激了小兔子，令牠的情緒一下子爆發出來，按捺不住地放聲嚎哭。

一發不可收拾。

「哎呀呀，你別再哭吧，我答應想辦法幫你找回記憶吧！」芯言安撫他說。

「真的？」小兔子豎起一隻耳朵頓了頓，試探着說。

「嗯，我是一個有誠信的人，承諾過的事一定會做得到。」芯言點點頭，繼續說：「既然你不記得自己的名字，那麼在你恢復記憶前，我就叫你肥肥吧！」

「很難聽。」小兔子撇起嘴巴搖搖頭。

「那麼叫毛毛球吧？」

「不好。」

「嘟嘟？」

「不要。」

「胖胖？漲漲？腫腫？包包？爆爆？圓圓？波波？珠珠？」

「你怎麼想到的名字都那麼差勁的！」小兔子雙手撐着腰，不滿地投訴。

「我又沒有取名字的經驗，我只是照着你的身形替你取名吧！」芯言掃視着小兔子，攤開手無奈地説。

想了許多名字都被小兔子否決，芯言感到累了，她倒在牀上，閉上眼睛。

「嗯……我想好了……」芯言突然靈機一動大叫起來，嚇了小兔子一跳。

「叫什麼？」小兔子緊張地問。

「叫騰騰吧！」芯言興奮地回答。

「騰騰？」小兔子用牠的大板牙咬着唇，猶豫地道。

「嗯，這個名字最適合不過了！」芯言慫恿着，「不用再想其他了！」

「騰騰……騰騰……騰騰……騰騰……」小兔子試唸着這個名字，感覺有點奇怪，卻又説不出有什麼問題，唯有暫時接受，「那好吧！」

芯言暗地裏叫好，這個名字是取自「肥騰騰」的最後兩個音節，只要減去「肥」字，名字就變得動聽多

了。

　已經很晚了，芯言把小兔子抱起，溫柔地放在她的攬枕上，「今晚你就睡在這裏，明天我給你親手做個溫暖的被窩吧！」

　自此以後，騰騰便成為了芯言的朋友，每天早上，芯言便會把兩邊的頭髮束成辮子，把兔子髮夾夾在左耳上方。

　在其他人前，騰騰只是一隻普通的兔子髮夾，在與芯言獨處的時候，他才會使用魔法伸出手腳來活動。

令時間放緩的魔法

「糟糕了，上課的鐘聲還有五分鐘便會響起來，我要加快速度了！」芯言的電子手錶響鬧裝置提醒着她。

來到分岔路上，右邊斜坡下那一間便是芯言的學校了，芯言突然站起來，雙腳踩在腳踏上，微微彎腰向前傾，深深的吸了一口氣，説：「準備好了嗎？」

還未聽到正暈車浪中的騰騰回應，芯言就已經像離弦的箭一樣，飛快地往下溜，混着青草味道的風拂在她的身上，令她精神一振，她心想：「這樣滑下的速度會更快，照這速度應該趕得上大閘關上前到達學校的！」

此時，路中心竟然出現一個身影。

「哎呀！為什麼會有個男生蹲在地上？」芯言滑下的速度實在太快了，手足無措的她煞停不了單車，眼看快要撞向背着她蹲下來的男生！

「快走開呀！」芯言大叫，可是對方似乎沒聽到。

「哇！好痛啊！」芯言感到頭上的辮子被狠狠地扯了一下，而就在快要撞上的一刻，奇怪的事發生了，芯言的身體發出一團耀眼的光芒，是金色的光。

那閃亮的光芒從芯言的指尖開始伸延到手臂，然後

自她的頭上向腳下蔓延，慢慢地覆蓋着芯言身上的每一寸皮膚。

「發生了什麼事？」時間彷彿減速了般，芯言的滑行速度逐漸減慢，變得比走路還要慢，不，應該是比蝸牛走路還要慢才真！就連飄落的樹葉也似是懸掛在空氣中，遲遲不肯掉到地上。

眼前的景象就像用了攝錄機的慢鏡功能一樣，芯言把身體向左傾側，輕易地避開了那男生。當她與那個男生擦身並排的時候，空氣似是凝住了，她感覺一切都靜止了，就連周邊的聲音也消失了。

在與那男生擦身而過的一刻，芯言看到一雙深邃的大眼睛，直直地瞪視着她！

「他不就是高柏宇？」芯言愣住。

去年也同樣是五年乙班的柏宇因成績不理想而留級，由於身材高大的關係，所以柏宇被安排坐在最後排的角落。開學三個多月來，芯言沒有與柏宇說上半句話，可能柏宇也未必知道芯言的名字。事實上，柏宇一直獨來獨往，從來沒有跟其他同學打交道，亦不曾見他與六年級的學生來往，是「獨孤派」的孤獨掌門人。

在芯言的記憶中，永遠不扣上領口那顆鈕子的柏宇上課時總是撐着頭裝醒，對啊！是裝醒不是裝睡，誰也

看得出他呆滯目光的背後是一個又一個美麗的白日夢！老師們也懶得理他。記憶中，他經常欠交功課，而每次測驗都一定是成績最差的一個。

只是過了半分鐘的時間，金光漸漸消退，時間像是回到原本的軌道上，重新開始流動。

芯言回頭望向柏宇，他如石像般蹲在原地，似乎被芯言的擦身而過嚇了一跳。

「很厲害啊！」芯言懷疑地問頭上的騰騰，「騰騰，是你令時間變慢嗎？」

怎料，騰騰尖叫：「危……險呀！」芯言本能地回過頭來看着前方。

「嘩嘩嘩！」芯言發現自己原來忘記了回復平衡，身體頃刻失去重心連人帶車繼續向左傾，然後……

「嘭！」芯言整個人與大榕樹擁吻，發出可怕的撞擊聲。

「好痛呀！騰騰，為什麼會這樣子的？」芯言感到一陣暈眩，雙手按着前額跪倒在樹下，頭頂布滿落葉。

「差點連我也被撞扁！我剛才使出了時間放緩的魔法，這種魔法只可短暫令時間變慢！」騰騰抱怨地說。

「魔法？那……即是你的魔法不濟吧！」芯言一邊擦着前額，一邊揉着自己被擦傷的膝蓋。

「我失去記憶嘛，臨時想得出時間放緩魔法的咒語已經很了不起呢！」騰騰不服氣地說。

「咦，剛才是什麼一回事呢？好像有點不對勁。」在不遠處的柏宇緩緩站起來，伸手摸向面前的空氣，他捏着下巴沉醉在回憶中，模仿偵探沉思案情的樣子。

「騰騰，你不是說一般人不會看到你的魔法嗎？難道他也看到剛才的奇異現象？」芯言皺着眉，細聲問騰騰，但騰騰動也不動，完全沒有回應。

「是我眼花嗎？好像突然出現了一束光……」柏宇上前來，他低下頭擺出一副認真的樣子，打量跌在地上的芯言，「那是魔法嗎？」

「吓？魔法？」芯言一怔，心想為何柏宇會猜到跟魔法有關？她立即換個表情，裝作生氣的說，「你……你看太多漫畫吧！」

「喂，我來問你，你為什麼突然蹲在地上？累我撞得傷痕累累！」芯言試圖打開另一個對話匣子。

「我綁鞋帶呀！」柏宇踢踢腿，看看鞋帶是否綁得穩。

「你怎會蹲在路中心綁鞋帶！」芯言怪責他說。

「這位同班同學，這條小徑是行人路，而單車應該在馬路上騎，那是幼稚園學生的常識！」柏宇交疊雙

手，理直氣壯地說。

芯言沒想過自己竟然被反過來教訓，她好不生氣地怒視着柏宇，「哼！總之是你不對！」

柏宇漠視芯言的控訴，突然蹲下來把頭靠向芯言，越來越近，只剩下數厘米的距離。

「你⋯⋯你想做什麼？」芯言瞪大雙眼，她下意識把頭靠向後，這一次，她後腦「嘭」的一聲撞向大樹。

「哎唷！」芯言痛苦地搓着腦袋。

「別動！」柏宇喝令着，語氣帶着令人臣服的威嚴，芯言立即定了格。

這是芯言第一次跟柏宇正面對望，而且距離還是這麼近，芯言只感到心跳莫名其妙地加速。平常在課堂上大部分時間，柏宇的雙眼都是半開半合，原來他的雙眼長得很大很明亮，他臉上的輪廓也很分明，挺拔的鼻樑、尖尖的下巴，雙眉和頭髮長得很濃密而且很粗壯，就像一條條倒豎的羽毛。

在芯言眼中，面前的柏宇比印象中糊糊塗塗的他要英氣一些。

芯言的焦點最後落在柏宇那雙琥珀色的瞳孔上，在那深邃的眼眸裏，芯言看到自己一張惘然的臉。

柏宇把視線轉移到芯言的頭上，他伸手抓抓芯言的

頭髮，把卡在她髮梢上的幾片樹葉拈走，説：「骯髒貓！」

被柏宇突如其來的觸碰嚇着，芯言趕緊按着頭大喊：「你……你太過分啦，幹嗎隨便抓女生的頭髮！你是變態的嗎？」

「我只是撿走你頭上的樹葉！我才不想碰你的頭髮！」柏宇理直氣壯的反駁。

「你沒禮貌！沒風度！沒……沒……」芯言氣得一時語塞，話都説不下去。

「沒……沒……你沒話可説吧！」柏宇臉上一副得戚的樣子，實在令人討厭。

「鈴……」就在這時，不遠處傳來熟悉的鐘聲，二人隨即互相對望——是上課的鈴聲。

「糟了！竟然忘記快要遲到！」擦傷了膝蓋的芯言打算爬起來時，一不小心把傷口弄破了。

「好痛啊！」芯言看着鮮血從傷口邊緣滲出來，面如土色的她癱坐在地上。

柏宇瞄了芯言一眼，裝作沒聽見她的慘叫，轉身準備走開。

「喂！你怎麼一點同情心也沒有？都是你害我遲到的！」芯言焦急地説。

「你自己不小心跌倒又與我何干？」柏宇回頭望着芯言，擺出一個嘲弄的微笑，「你剛才不是說我變態、沒禮貌、沒風度的嗎？難道你想這樣的人會扶你回去學校？」

芯言反駁不了，她不忿氣地四處張望，可是附近卻沒有其他人可以幫忙。

「算吧，」柏宇聳聳肩說，「要是你答應替我做一星期功課，我便考慮扶你一把！」

「乘人之危太可惡了！我不會答應你的！」芯言激動得漲紅了臉，她嘗試再次站起來，可是傷口實在太痛了。

十秒，二十秒，三十秒，原本走遠了的柏宇竟然折返，自顧自地把芯言的單車扶起，看來他是個口硬心軟的男生。

「算吧，畢『小』芯言，我來載你吧。」柏宇聳聳肩，伸手遞向芯言說。

原來柏宇記得芯言的名字。

「但我絕對不會幫你做功課的！」芯言鼓起腮幫子，不認輸地說。

芯言坐在單車的後坐，不情願地抱着柏宇的腰。這是芯言第一次抱着同齡的男生，她驚覺原來男生的身體

很温暖，而且肌肉很結實。她怎樣也想不到一直疏離得很的同班同學，今天竟然會走得這麼近。

　　一路上，誰也沒有說話，靜得只聽到自己快速的心跳聲。

　　怦怦……怦怦……怦怦……

雙頭巨犬的獵物

終於，芯言和柏宇都難逃被當值風紀記名的厄運，擦損了膝蓋的芯言被送到保健室清理傷口，而柏宇則自行回到課室上課去。

治療後，芯言的膝蓋貼上了一塊比手掌還要大的膠布，她忍着痛楚走進課室，推開課室大門，她察覺課室內氣氛高漲，同學各自圍成一堆堆，大家熱烈地談論着。

奇怪的是，當大家看到她時都不約而同地把聲音放輕，紛紛投來一個難過的目光。

芯言深感情況不尋常，她正想開口問個究竟就被老師召了過去。

「什麼？廣播劇分組已經完成？我竟然要跟高柏宇二人組成一隊？」當老師對芯言說這個分組結果時，差點令芯言陷入崩潰的狀態。

「對呀，剛才大家已經自行分配好各組的成員了，班中有三十四人，共分為十二組，三位組員的有十組，另外兩組則有兩位組員。」老師認真地說，指着已列在黑板上的名單。

芯言瞪眼一看，她和柏宇的名字的確被編入在最後一組內。

　　「怎會這樣的！」芯言渾身虛脫，感覺就像失足直墮無底深淵。

　　芯言的眼珠迅速地在黑板上滑過，搜尋各組的組員名單，她看到林芝芝同是編入了兩人組，她竟然配上了「宅男系」會長司徒若禮。雖然司徒若禮是眾所周知的數學天才，但戴着厚厚眼鏡、不修邊幅、臉色蒼白的他表達能力並不是一般人可以理解的，她絕對相信芝芝一定是在不情願下被安排跟他一組的。

　　芯言認真地思考了半分鐘，突然明白了這安排的箇中原因：班中當然是沒有同學願意跟留級生柏宇同組，而自己又剛巧遲到，於是二人都沒有選擇組員的權利。而她最要好的同學林芝芝因為等不到她回來，在其他同學都已經分好組後，剩下來的司徒若禮便順理成章選擇跟林芝芝成為一組，最後只剩下芯言被迫跟柏宇一組了！

　　芯言立即望向課室中央位置，把椅子移到矮小瘦弱的司徒若禮旁邊的林芝芝，她的臉色看來也不比自己好看多。

　　「都是我的錯，如果我沒有遲到，如果我趕得及在

分組前回到課室……」芯言抱着頭暗自埋怨。

一切已經太遲了！

一想到，自己要跟經常遲到、上課打瞌睡、欠交功課和成績一塌糊塗的留級生高柏宇合作，芯言的頭就痛起來了！

「老師……我可否跟司徒若禮調組？」芯言露出最真摯誠懇的眼神，祈盼能夠感動老師，嘗試扭轉黑暗命運的開始。

「下一次準時回來便可以選擇廣播劇的組員了。」老師也擺出一副堅定的表情，並溫柔地拍拍芯言的肩膀，安慰她說。

「老師，可是……」芯言激動得手也顫抖起來，她始終接受不了這個可怕的事實。

「這課堂只剩下十多分鐘，你快去與柏宇討論一下廣播劇的主題吧，下課前要把主題交給我啊。」老師揮手打發芯言，似是看穿她的不甘心。

聞言，芯言知道事情再沒有轉彎的餘地，唯有無奈地把椅子挪到柏宇的座位旁。

芯言望向隔着兩排座位的林芝芝，她同樣一臉苦惱，芯言合上雙手，隔空以口形向林芝芝道歉。此刻，林芝芝的臉上掛着從未有過的氣餒神情，她無奈地報以

苦笑回應。

芯言感覺全身被一陣霉氣濃濃包圍着，似是象徵她的噩夢正式揭幕。

「你剛才不是有點感激那個男孩子送你回到學校的嗎？」頭上的騰騰輕聲説。

「那根本是兩回事！」芯言沒好氣地回答。

「你剛才在自言自語嗎？」托着頭在打瞌睡的柏宇忽然張開一隻眼睛望向芯言。

「你才自言自語！唉，跟你一組就是倒霉了！成績一定會被你拖垮！」芯言覺得眼前半睡半醒的柏宇特別令她討厭。

芯言沒他辦法，唯有自行草擬廣播劇的計劃。

編寫劇本絕對不是芯言擅長的範疇，尤其是要她想一個廣播劇主題，她想來想去也想不出一個好點子來，望着懶洋洋的柏宇，芯言就感到氣結。

「大家靜一靜，選好了主題的同學請上前來告訴我。」課堂即將完畢，老師提示説。

同學一個接一個來到老師面前，興高采烈地把題目説出，而老師也提供意見給大家參考。

時間越來越緊迫，芯言的腦袋就越是閉塞。

她往林芝芝的方向望去，可憐的芝芝不斷搖頭，不

停地拒絕司徒若禮提出的瘋狂的主題建議。

「我想到了！」芯言刹那靈機一觸，腦海閃過她最愛吃的朱古力，她喃喃自語，「就以朱古力為主題，來一個特濃的朱古力廣播劇吧！」

當芯言正打算上前向老師滙報時，豈料柏宇突然站起來，誇張地用力伸了個懶腰，似是故意阻攔她。

「老師！我們的廣播劇主題就選『魔法世界』吧！」柏宇高聲把話喊出後，一屁股坐在椅子上，然後再次伏在桌子上睡覺。

「魔法？這可不是動漫的廣播劇啊！選這個虛無飄渺的題目必定會把成績拖垮的！」芯言瞪眼怒視着柏宇，生氣地說，「我已經選定了用朱古力作為主題，你就好好配合吧！」

「我最討厭『朱古力』，除了『魔法』這個題目，其他我也不想做，」柏宇側着頭，勉強地提起一截眼皮，慵懶地說，「難道你對魔法毫無認識嗎？」

「我……對魔法這故弄玄虛的東西完全沒興趣！你……要是你認識，你說出來聽吧！」

「魔法並不是由漫畫虛構出來的，魔法是自古以來流傳的一種超自然力量，簡單來說，魔法擁有不同元素，例如風、火、水、土、光等，還有不同系別，好像

時空系、防禦系和精神系……」柏宇揉着眼睛説，「這將會是一個非常有趣的廣播劇。」

「哎！」突然，芯言感到頭頂傳來一下痛楚，她心裏抱怨説，「好痛呀，騰騰你幹嗎扯我的頭髮！」

「你怪叫什麼？」柏宇皺皺眉，問。

「沒……沒什麼。」芯言一怔，説，「別岔開話題了，你怎麼可以不先徵求我的同意，自把自為決定二人合作的廣播劇主題？」

「難道你有打算與我討論廣播劇主題？」柏宇打了個呵欠，冷冷笑説。

「你……你……跟你討論有什麼用，你連功課也懶得交，更何況是整個廣播劇的計劃？你選了主題後，接下來的資料搜集和編劇還不是由我獨個兒做？」芯言不服氣地説，「要是你有本領的話就不會留級，我可不想跟你一樣做個留級生！」

柏宇眉毛一挑，他的心彷似被什麼戳中了一下，他訥訥地説：「原來你是這樣想。」

芯言不以為意，她撐起腰説：「總之，我絕不贊成用『魔法世界』作為這個廣播劇的主題！」

「無論如何，我已經決定了。」柏宇故意收起笑容，面無表情地説。

「你⋯⋯你太可惡了！」

就在這時，芯言感覺地板強烈地晃了一下。

「什麼？地震嗎？」芯言緊緊地抓緊桌子。

面前的柏宇彷彿定了格，雙目無焦點的望着前方。

「喂！你感到震動嗎？」芯言問柏宇。

柏宇動也沒動。

除了柏宇，其他同學的活動也靜止了。

一種怪異的感覺浮現在芯言心頭，她感到空氣中的味道變了，眼前影像的色調也彷彿調淡了半分。

「騰騰，又是你把時間放緩了嗎？」芯言情急地把騰騰從辮子上摘下來，問。

「不是我啊！」騰騰抖動一下毛髮後探出手腳，他環顧四周並跳到柏宇的肩膀，猛地在他眼前揮手，然後說，「咦，這不是時間放緩⋯⋯是時間停頓啊！」

「時間停頓？」芯言一怔。

「剛才柏宇提及有關魔法元素勾起了我部分記憶。」騰騰說，「『時間停頓』是操縱時間的一種魔法，也就是令流動中的時間在某個範圍內停止。」

「怎麼又是魔法？除了你，還有誰懂得這些魔法的？」芯言吃驚地問，她望出窗外，外面就像一幅風景畫般，雲層凝住了、鳥兒在天空中靜止了，整個世界突

然失去了聲音，一切都處於靜止狀態。

「我想不起來……」騰騰說，「不過印象中，時空系魔法是一種高階的魔法，不是一般的魔法師可以運用的！」

「你的意思……莫非這個世界上有許多不同的魔法師？」芯言眉頭一蹙，訝異地問。

「我想起來了，魔幻國裏頭住着很多魔法師……偶然有些魔法師會來地球星旅遊……呀，我也是從魔幻國來的！」騰騰緊皺着眉，他用力抱着頭，彷彿有着成千上萬的針刺着他的腦袋。

芯言彷彿也感受到騰騰腦海中的痛楚和混亂的思緒。

「你回復了所有記憶嗎？」芯言不知所措地看着班上靜止活動的老師和同學們，「什麼是魔幻國？」

「我只記得一點點……」騰騰皺着眉，努力回想着，「魔幻國是一個比地球星細小得多的星體，因為受着魔法力量的保護，數千年來未被人發現它的存在……」

「聽上去好像個天方夜譚的神話故事，」芯言不解地問，「那好端端的，為什麼魔法師要把時間停頓？」

「這個我也不知道……」騰騰搔着耳朵，懊惱地說。

「那麼……現在應該怎麼辦？」芯言感到渾身不自在。

「這件事似乎很不尋常，我們出去查看一下吧！」騰騰從柏宇的肩膀上一躍而下，往課室門外跑去。

一向怕事的芯言六神無主，即使她心底裏萬般不願，也只好依從騰騰的話去做。她忍着膝蓋的痛楚小心翼翼地穿過靜得可怕的走廊，來到音樂室、圖書館、活動室、小食部，再走到空曠的操場，一路上他們並沒發現些什麼。

「很可怕，什麼東西也靜止了，時間停頓會維持多久？」芯言輕聲問，生怕會驚動了什麼。

「不知道呀，只有施法者才能把時間回復正常！」騰騰忐忑不安地解釋説。

「假如……時間一直停頓……我們會變成怎樣？」他們差不多走遍整個校園也沒有發現，芯言的臉上驟然塗上一層灰。

「這個嘛……我也未曾遇過……」騰騰倒吸了一口涼氣，説。

最後，他們來到位於地庫的禮堂。

當芯言雙手貼着禮堂的大門，準備用力拉開把手時，突然被騰騰喝止了。

「等一下，」騰騰壓低聲音説，「我感覺到有一股強大的魔法力量凝聚在裏面！」

「那怎麼辦？」芯言連忙把雙手縮回，並後退幾步，一股前所未有的恐懼感覺已經降臨在她的身上。

騰騰發揮兔子的本領，用力一躍，跳到高處的氣窗前，他偷偷窺探裏頭，看到一隻長得跟長毛象一樣高大的雙頭巨犬逐一嗅着定格了的學生們，而台上站着一個身穿黑色斗篷的少年，他的臉隱沒在斗篷的暗影裏，湖水綠色的頭髮從耳後兩旁露出來，那斗篷上鑲嵌着稀有的黑色水晶，相信少年的地位必定超然，而在他的脖子上，隱隱浮現出一道血紅色的刻紋來。

「這股氣勢，似乎來者不善……」騰騰暗暗地説。

突然，雙頭巨犬不停地抽動鼻子，然後向着禮堂門口的方向伸長脖子，猙獰地咧開嘴巴，露出一排如刀一樣鋒利的尖齒，牠似乎發現了什麼。

「糟了，被牠發現了，芯言我們快走。」騰騰翻了個筋斗降落在地上，準備快速逃跑。

「裏頭發生了什麼事？」芯言輕輕拉開大門，打算從門縫中窺看裏面。

一隻長着兩個頭顱的巨獸正向着門口的方向直衝過來，牠滿身都是烏溜溜的黑色長毛，單是一條腿已經比

禮堂上的柱子還要粗壯，那些銀色的尖爪子和長在兩張猙獰嘴巴裏的尖利牙齒互相輝映，煞是可怕，芯言從未見過這種恐怖的生物。

「怎麼牠……牠長着兩個頭的！」一聲尖叫，打破了寂靜的時空。

與此同時，禮堂內的雙頭巨犬也大吼一聲，彷彿在回敬她，那震耳欲聾的叫聲響遍整個禮堂，嚇得芯言雙膝一軟，跪倒地上。

「我走不動……」佔據着芯言的瞳孔盡是無邊無際的戰慄，此刻，她感到一陣暈眩。

騰騰見勢色不對，嘴巴唸出一段莫名其妙的咒語，他原本像手掌一樣大的身體立時變大數十倍，一雙長長的毛耳朵幻化成巨大的翅膀。

「騎上來吧！」

芯言按捺着那暈眩感爬上騰騰變大了的身軀上，騰騰二話不說便向着樓梯飛去，趕快離開地庫。

芯言雙手緊緊抓住騰騰，紅着眼睛問，「我在做夢嗎？還是統統都是幻覺啊？」

騰騰回首一望，總算暫時甩掉雙頭巨犬了，他急急說道：「當然不是幻覺啦！那隻是古希臘神話當中，守在地獄之門的雙頭巨犬啊！那個魔法師不單止懂得把時

間停頓，就連這種級數的魔獸都能夠召喚……」

　　「那麼說，我們死定了嗎？」芯言臉色煞白，手腳不停地抖震，身體彷彿不屬於自己一樣。

　　騰騰無暇回應，只管全速向前飛，他看到樓梯上左邊的一道木門打開了，於是沒想清楚便飛到裏頭去。

　　「慘了！是個死胡同！」原來他們走進了擺放運動訓練器具的雜物房，騰騰一轉身打算走出去，可是一個巨大的身影把門外透入的光統統遮擋着。

騰騰放下芯言，準備與雙頭巨犬戰鬥，可是他還未站穩，就已被巨犬一腳壓在腳下，發出一聲慘叫。

雙頭巨犬望着嚇得瑟縮一角的芯言，牠其中一個頭顱發出一聲嘶吼，驀然張大了嘴，嘴裏那些尖銳如刀鋒般的尖牙閃着寒光，似要一口把芯言咬下去。

「芯言快走——」騰騰用盡氣力抵抗着巨犬，可是對方力量實在太強大了。

芯言跪倒在地上，她抬起頭望着那隻威風凜凜的黑色長毛雙頭巨犬，她實在怕得要命，這些東西從來都只會在驚悚電影中出現，怎會料到今日竟活生生的站在她面前吼叫？

「哇——」芯言閉上雙眼放聲尖叫，她眼前一黑，再次感到一陣暈眩，整個世界在瘋狂地天旋地轉。

芯言沒法再支撐下去，身體無力地倒了下來，就在這個時候，一道紫色光滲入她的眼簾。芯言慢慢張開眼，發現自己正處身一個紫色光球內，外面全是一片白色混沌的蒼茫，這種感覺多麼溫暖，氣味多麼熟悉。

此刻在芯言的腦海裏，不斷浮現殘留在她記憶裏的夢中情境。

「芯言⋯⋯是時候了⋯⋯」這把一直在相同的夢中呼喚她的悅耳聲音，令芯言無法忘記，她感到有一雙無

形的手將她扶了起來，這感覺多麼溫暖。

剎那，無數紫色的光從芯言的掌心竄出來，逐漸包圍着她，一縷縷紫色的絲線被編織成薄薄的紗覆蓋她的全身，此刻，芯言全身都散發着耀眼的紫色光芒。

「我又在做夢嗎？」芯言感到渾身都充滿了澎湃的力量，彷彿身體裏的血管毛孔，全部被這種光侵佔了，隨之而來是一種前所未有的奇異感覺。

「一定要相信自己，換上你的魔法戰衣，你可以擊退牠的！」那把耳熟的聲音包圍着芯言，像在替她注入信心。

「你是誰？」話未說完，一個巨大的紫色魔法光環從芯言腳底出現，魔法光環呈現出奇特的符號，不，這不是光環，是魔法陣！芯言不由自主地提起腳尖，雙手從腰間往上揚，劃出優美的弧線，她的身體慢慢地自轉，感覺身體越來越輕盈，魔法光環隨即往上升，穿過芯言的腳踝、小腿、大腿，繼續往上推，最後消失在芯言的指尖中。

芯言感到全身的血液在沸騰，整個身體都很滾燙。

「芯言，留心呀！」騰騰的聲音把芯言拉回現實，她猛然張開雙眼，頓時清醒過來，她看到雙頭巨犬正高速衝向她。

「停呀！」芯言伸出雙手朝向雙頭巨犬，射出了一

襲紫色的氣流，驟眼看似是揮出鋒利的劍刃。

　　原本兇猛地撲向芯言的雙頭巨犬，竟被某種強大的力量反彈開去，狠狠地撞向牆壁，騰騰乘機逃脫。剛才還目露兇光的巨犬，瞬間被眼前閃耀着的紫色光芒壓倒，伏在地上望着芯言，不敢妄動。

　　形勢一下子逆轉。

　　「究⋯⋯究竟是怎麼一回事？」芯言依然驚魂未定，望着自己閃耀着紫色光芒的身體，她發現不知何時，她竟換上了一身層疊出深淺不一的紫色和粉色的華麗戰衣，纖幼的手腕上配戴着漂亮的手環，雙腳套上了精巧的短靴，額前那細碎的劉海下露出一條鑲嵌着紫水晶的額環，正正壓在眉心。

　　「為什麼會這樣啊？」芯言一臉迷茫，難以理解。

　　「芯言啊，剛才的紫光令我回復了記憶⋯⋯我猜，你就是我一直要找的那位被選中的魔法少女了！」

華麗的換裝，變身！

「被選中的⋯⋯魔法少女？」芯言驚呼，「你不要跟我開玩笑了！」

「不是開玩笑的！你看！雙頭巨犬暫時被你施展的紫光結界鎮住，趁着這時間趕快收服牠吧！」

「我怎麼可能收服那隻恐怖的怪物！」驚魂未定的芯言望向那蠢蠢欲動，試圖衝破禁制的雙頭巨犬，她的額際都滲出了一把冷汗。

「芯言，你可以的！」騰騰鼓勵她說，「你快合上雙手，把潛藏在內心的能量釋放出來吧！」

「我不行的！我⋯⋯我很害怕呀，你⋯⋯找其他人幫忙吧！」芯言閉上眼不停地搖頭，她多麼想這只是一場幻想力豐富的噩夢，當她張開眼睛時自己原來倒在溫暖的牀上。

「沒時間了，雙頭巨犬快要衝破你設的光之結界了，你別再逃避了，快跟着我唸咒語，把光之魔杖召喚出來吧！」騰騰氣急敗壞地對芯言說，「相信你自己，只有你才能收伏牠！」

「相信自己⋯⋯」芯言想起剛才那把聲音也說了同

樣的一番話，她被迫張開雙眼，她知道自己的願望已經落空。

「每個人的內心都潛藏着不可思議的力量，你就是被選中的魔法少女！」

「我真的是魔法少女？」

「嗯，你們的世界連繫着神秘的魔幻國度，而只有你擁有那條開啟秘密的鎖匙。」騰騰飛到芯言的面前，認真地説。

芯言雙眼閃過一絲焦慮，她猶豫了半秒，卻想不出其他法子，於是難為地説：「好吧！」

「古老的光之魔法至高無上……」

芯言隨着騰騰誦唸奇怪的咒語，她合十的雙手中隱隱透現了一道紫光，她的背後同時隱隱亮起五芒星魔法陣，魔法陣釋放出一股強大的氣流，四周刹那間飛沙走石。

「出來吧，神聖的光之魔杖！」當最後一個字落下後，五芒星圖案緩緩旋轉，芯言拉開雙臂，在她的眼前出現了一支紫色的魔杖。

芯言瞪大了一雙圓眸盯着浮在半空中的魔杖。

「芯言，把它拿起吧！」騰騰説。

「嗯！」芯言點頭，集中精神用力緊握魔杖。

「跟着我唸出攻擊咒，鎮住雙頭巨犬吧！」騰騰引領着芯言。

「紫晶星光力量，注入能量！」芯言跟着騰騰唸咒，魔杖霎時注滿紫光。

「喀！」芯言把魔杖指向雙頭巨犬，縱橫交錯的紫光霎時射向巨犬，滙集成一個光之籠，把牠牢牢困住。

「芯言，是個好機會啊！使用光之魔法收伏牠吧！」騰騰急忙說。

芯言揮動魔杖，一道刺眼的光芒便射向雙頭巨犬。

「唰！」突然，一道身影攔在雙頭巨獸的面前，那人右臂一伸，擋住了芯言的攻擊。

那是一個身穿黑色長斗篷，手中握住一支黑色魔杖的少年，芯言看不清他的面貌，只見在他露出來的脖子上，浮現出一道發光的血紅色刻紋。

「就……是他了……剛才在禮堂裏指揮着雙頭巨犬的就是他了！」騰騰着急地說。

「你……到底是……誰？你……為什麼帶着那隻……怪物到這裏來？」芯言望向斗篷內少年的眼眸，他那漆黑的眼眸也詭異的化為了血紅色，讓芯言冷汗直冒。

「你沒有資格向我發問。」少年那把低沉的聲音在

空中迴盪。

從少年敏捷的身手和高傲冷峻的語氣可知，他絕不是個好惹的人。

隱約看到斗篷內少年微微張合嘴巴，他似是在施唸咒語，未幾，被紫光困住的雙頭巨犬回復了原本的活動能力，不，看來牠的氣勢變得更加強，憤怒的眼眸對着芯言流露出一般強烈的殺氣。

芯言打了一個深深的寒顫，一陣從心底深處湧上來的寒意令她非常難受。

少年低喝一聲，黑魔杖頂端冒出了詭異的黑霧，而那抹黑霧越漸擴大。

數秒之後，少年在半空中輕輕劃了一下，一道黑霧從魔杖射出，化成了一束黑色的利箭朝着芯言疾撲而去。

「魔法護盾！」芯言本能唸出防護咒語，一層紫色的光之盾立即在她身前出現，牢牢把她的身軀護住。而那些黑色利箭在撞上那層紫色光盾時，就消失得無影無蹤了。

少年隱隱露出了一絲不可思議的神情，但片刻便回復本來輕蔑的目光，他彈一下手指，背後等待已久的雙頭巨犬立刻衝前撲向芯言。

雙頭巨犬伸出被注滿黑魔法的尖爪抓向芯言的魔法護盾，紫色的光盾一下子被撕開兩邊，光芒消散於空氣之中。

　　「快上來！」騰騰叫道。

　　芯言一個華麗的騰空躍起，熟練地跳到騰騰身上，此舉就連芯言自己也嚇了一跳。

　　隨即，騰騰飛快地逃離雜物房衝出操場去。

　　「休想逃！」少年竟然飄了起來，領着雙頭巨犬追趕出去。

　　時間仍然靜止，騰騰與芯言根本無處容身，他們來到空曠的操場，面對這突如其來的襲擊，騰騰也不懂得如何應對，除了逃走也想不到如何是好。

　　「憤怒的暴風直捲長空……」少年舉起魔杖，他似乎在施咒。

　　天空中出現一個黑色的旋渦，氣流疾速轉動的聲音打破了寂靜的氣氛。

　　一陣強烈的風把芯言的頭髮吹亂，那急劇的風聲令她感到背脊發寒，她知道這是一個危險的警號。

　　少年瞟了芯言一眼，魔杖一揮，旋渦急速地降下把芯言包裹着。

　　狂風把芯言吹得搖搖欲墜，當她嘗試逃走時，卻發

現身體像被不知名的力量綁住一樣，無法動彈。

圍着芯言的旋渦收得越來越窄，她的身體隨着旋渦狂烈旋轉。

「哇呀……」狂風彷彿像一把鋒利的刀刮落芯言身上，她的手腳紛紛出現一道道紅痕。就在千鈞一髮之際，騰騰飛身撲向芯言，把她從旋渦中推了出來，而他自己卻被捲入旋渦裏。

「騰騰！」

「哈！蠢東西！」少年飄到旋渦前，他合上眼簾開始默唸咒語。

騰騰的身體發出金色的光，他奮力地掙扎對抗，可是一團急旋而來的氣流，將他緊緊捲着。騰騰被帶到半空中不停地轉呀轉呀，在旋渦外的芯言同樣感受到一陣劇烈的疼痛竄上胸口。

原本萬里無雲的天空，忽然不知從哪裏飄來了一大片烏雲，把大半個天空擋住，黑壓壓的烏雲就彷彿要把整個世界都壓垮一樣，光線在一瞬間暗淡下來。

「呀！」一陣淒厲的慘叫聲，響徹了雲霄。

黑色的雷電從天而降，猛然打落旋渦中央。

「放開他！」任由芯言怎樣哀求，少年也無動於衷，最後，騰騰停止了微弱的哀嚎，同時芯言也再感覺

不到從騰騰傳來的那份痛楚。

「騰騰……」芯言厲聲大叫，卻得不到回應。

「撤！」少年一揮魔杖，旋渦隨即消散，餘風把騰騰扯向一方，騰騰在半空中變回原本細小的身形，他渾圓的身軀狠狠地撞上了旁邊的大樹，樹葉漫天飛舞，騰騰毫無知覺地順着樹幹狠狠地滑到地上。

芯言跌跌碰碰地跑向騰騰，她小心翼翼地捧起渾身傷痕的騰騰，只見他已奄奄一息。

「騰騰……騰騰……我現在要怎樣做？」芯言驚惶地問，騰騰的眼神逐漸變得散渙。

芯言那嬌小的身軀不停在顫抖，她在害怕，但她竭力地使自己平靜下來。

「芯言，我的魔法力量已經耗盡了，對不起……我無法保護……」說罷，騰騰身體放軟，然後身體和手腳漸漸消失，從小兔子的外形變回一隻髮夾的模樣。

「騰騰……你不要嚇我啊！」芯言使勁搖晃手中的髮夾，髮夾卻毫無反應，騰騰似乎已經失去了動力。

「不……要……」芯言無力地叫喚着，她張開口，卻發不出聲來，她胸中怒火漸漸燃起，手腕微微抖動。

整個世界依然停頓，所有的一切都繼續處於靜止狀態。

芯言的一雙黑眸竟開始變幻了，隱隱帶着紫光，她的雙手無意識地結起了法印。

　　那紫色的眼瞳，猶如水晶般泛着奪人心魂的光芒⋯⋯

　　「神聖的紫晶，施展你最耀眼的光芒！」一道強烈的紫光從芯言手握的魔杖射出，把天空上的烏雲驅走，紫光照亮了整個操場。

　　同時間，紅色、黃色和藍色三道光柱分別從遠方不同角落射向芯言，一切，就好像在做夢一般，顯得那麼虛幻飄渺而不真實。

　　少年的面上難掩訝異，但他的目光並不是落在芯言發出的紫光之上，而是遠方那三道光柱。

　　「竟然還有其他的星光力量，而且能夠互相呼喚着！」少年一邊暗地呢喃，一邊伸手安撫着那被紫光照得惶恐不安的雙頭巨犬。

　　「我們走吧！」少年揮一揮袖，在半空中劃出一個大圓圈，圓圈內霎時閃出一團黑霧。他率領着雙頭巨犬走進那黑暗的圈內，臨行前向芯言拋下一句，「等着吧，我們很快便會再次碰頭的！」

可以信任的留級生？

在充滿着壓抑的寂靜裏，芯言的耳伴突然傳來一把聲音。

「喂，原來你蹲在這裏，剛才怎麼一眨眼你就離開了課室？」

眼眶滿載淚水的芯言眼前一片模糊，她悄悄仰起小臉蛋，在逆光中看到一張熟悉的臉。

是柏宇。

「幸好老師被一大班同學包圍，忙着跟他們討論廣播劇的題材，我才能趁機偷偷溜出課室找你。」

他高大的身影站在芯言面前，遮擋着耀眼的陽光。

「喂，你沒事吧！」柏宇見芯言定了格一樣沒有反應，於是在她的面前揚揚手。

芯言一怔，淚花朦朧了四周，驟眼看到樹葉被風吹動，小鳥在天空飛翔，時光回復了正常的運作，而自己仍然是穿着整齊的校服，就像是什麼也沒有發生過一樣。

「嗚……我……騰騰……騰騰……」芯言抽抽噎噎停不了，她哽咽着，説不出一句完整的話來。

芯言心裏翻滾着難以言喻的感受。

「你吞吞吐吐的說什麼？我半點也不明白。」柏宇被芯言的反應嚇壞了。

當徬徨無助的芯言看到柏宇出現，抑壓的情緒一下子爆發出來，她不斷劇烈地抽泣。

「喂，我又沒有罵你，好了……你不喜歡我選的廣播劇主題就選別的吧，你……別再哭了！」柏宇最怕看到女孩子哭，連忙安慰芯言。

「我很怕……」

「你別顧着哭，發生了什麼事，你說清楚好嗎？」柏宇追問芯言。

「剛才時間停頓了，突然出現了一個奇怪的少年，他懂得高階的魔法，而且還有一頭可怕的雙頭巨犬，騰騰是因為保護我才會變成這樣……」芯言捧着騰騰，她的眼淚就像斷了線的珍珠鏈，嘩啦嘩啦的散到一地上。

「你說什麼雙頭巨犬、時間停頓魔法？怎麼你說的跟我爸爸說的這麼相似？」柏宇露出驚奇的眼神望着芯言。

看到柏宇訝異的目光，芯言才察覺自己無意間把秘密說了出來。

「糟了，騰騰說過不可以隨便跟別人透露有關他的

事情！」芯言用雙手搗着嘴巴，她一時情急忘記曾答應騰騰不會把關於魔法的事告訴別人。

「原來這世界真的有魔法嗎？」柏宇驚喜地説，他想繼續追問，卻看到芯言在瞬間別過臉，刻意地躲避他的眼神。

芯言的思緒亂成一團，她不知道究竟應不應該繼續告訴柏宇，她張開口又忍住，白皙的臉孔發燙起來。此刻她實在害怕亦不知道應如何是好，她躊躇了半晌，實在想不出其他更好的方法，唯有希望柏宇能夠協助她救回騰騰。

「柏宇，騰騰是我的好朋友，我不想他受到傷害，你一定要保守這個秘密啊！」芯言抬起頭來，認真地叮囑，「你絕對，絕對，絕對不能向任何人透露半點！」

「放心吧，我會給你保守秘密的！」柏宇趕緊用力點頭。

芯言惶惑地把與騰騰相遇的過程和剛才發生的事，完完整整的告訴柏宇。

「你的意思是騰騰被旋風捲起後，他龐大的身軀變回原來的小兔子模樣，後來手腳再縮回去，變成只有一個兔子頭的髮夾嗎？」柏宇難以置信的指着芯言手上的髮夾問。

「對，就是這樣，請你告訴我怎樣才能夠救回騰騰？」芯言緊張地道。

「等等，你仔細地想清楚，再慢慢告訴我他被捲起的情況。」

「剛才我已把所有都告訴了你……」芯言一愕，說，「呀，我記起了，在旋風內，好像看到一些閃光……」

「唔……憑我的偵探頭腦，和多年來瀏覽過的個案，咳，我意思是偵探小說內的案件，我認為……」柏宇倚在欄杆邊，想了一會，說，「他可能無電……」

「無電？你以為他是機械公仔嗎？」芯言生氣地說。

「我的意思是說，既然他跟你說最後的話是自己的魔法力量消耗盡了，那即是像是手機耗盡電量一樣失去了動力。」柏宇對芯言說。

「我不明白呢！」芯言迷惘地說。

「即是他進入了待機模式，換一種說法，他似乎在沉睡。」柏宇輕輕地用指頭戳了一下騰騰的臉龐。

「那我要怎樣做才可把他喚醒？」芯言一邊推開他的手指，一邊把騰騰夾在自己的頭髮上。

「重新接駁電源吧，」柏宇解釋說，「即是替他重

新注入魔法力量，把他喚醒。」

「別說笑了，我怎麼會懂得注入魔法力量？」芯言說。

「你不是說剛才使用魔法變裝嗎？」柏宇上下打量着芯言，說，「雖然變裝後你也應該不會變得好看，但我也想看看變裝魔法是怎樣的一回事。」

「什麼不會變得好看！」芯言雙手撐腰，撅撅嘴說，「剛才……又不是我自己去變的，應該是騰騰用魔法幫我變裝吧！」

「假如你不能使用魔法的話，騰騰可能永遠不會蘇醒。」柏宇對芯言說。

「可是……我真的不懂啊！」芯言說。

「鈴……」小息的鐘聲響起來，同學們一窩蜂跑到操場上來，於是柏宇自顧走開。

「喂喂，我們還沒有找到方法把騰騰喚醒呢！」芯言叫着柏宇。

「你整張臉都垮下來，眼睛鼻子都發紅，要是我繼續待在這裏跟你討論，萬一被其他人看見，大家便會以為是我把你弄哭了！」柏宇越走越遠，「放學後來我家，我們再想法子吧！」

「可是放學後我要去補習社啊！」芯言說。

「雙腿是屬於你自己的，怎樣選擇隨便你吧！」柏宇抑壓着內心的興奮，他聳聳肩擺出一副不在乎的樣子。

事實上，這一天對柏宇來說等待得太久了。這世界真的有魔法！他一直都盼望遇到這般令人雀躍的事情。

另一邊廂，心情忐忑不安的芯言整天都記掛着騰騰而無法專心上課，她的擔心就如呼吸一樣從沒間斷，她多麼渴望可以快點把騰騰救回。同時，她也非常擔心再次面對可怕的魔法師和怪獸，她認定自己根本沒勇氣去應付那些可怕的怪物。

她不時偷望坐在課室最後排的柏宇，怎料柏宇卻像沒事發生過一樣，一直在課堂上打瞌睡。

「究竟這個人是否值得我信任？」芯言反覆地自言自語。

石牆後的神秘密室

　　午飯的時候，心情沉重的芯言一如以往拿着飯盒走到林芝芝的身旁坐下來，她很想把騰騰捨身救她的事情經過告訴芝芝，但她答應了騰騰把魔法的事情保密，而且怕告訴芝芝會令事情變得更複雜。

　　「芯言，你的面色很難看，不要太失望了，雖然我們在廣播劇項目不能同組，但仍可以互相幫忙的。」林芝芝見芯言沉默多時，抿着嘴唇半聲不響，於是安慰她說。

　　「啊！廣播劇！」芯言一心想着騰騰，差點忘掉廣播劇分組的事，她懊惱地對林芝芝說：「對不起啊，都怪我遲到，累你要跟那個數學怪人同組。」

　　提起數學怪人，芯言和林芝芝不約而同地望向坐在課室中央，正咬着筷子，時時刻刻埋首數學習作的司徒若禮身上。

　　「也不能把所有責任推到你頭上……」林芝芝回過頭來，悶悶地打開飯盒，不難看出她的失望。

　　「這次廣播劇我一定不會合格了，加上我平日的成績，嗚……我……很大機會會留級了。」芯言伏在桌子

上，像個洩氣的氣球。

「不要放棄啊，剛才我想過了，跟不同風格的同學組隊，也許能夠想出一些意想不到的點子，你要對自己有信心啊！」林芝芝反過來安慰芯言。

「芝芝，你真樂觀，如果能夠跟你一組，你說多好！」芯言托着頭，苦着臉說。

「聽說柏宇的體能很好，田徑和一些球類活動也有不錯的成績，假如你們可以在廣播劇內加入一點運動元素或心得，他應該會更加投入，也許有令人耳目一新的效果！」林芝芝溫柔地說，「如果需要一些意見，你可隨時來跟我商量的啊！」

「芝芝，你真好，在這個情況，你竟然還替我的廣播劇想辦法。」芯言牽着芝芝的手，感動得雙眼通紅。

「我們是好朋友嘛！」芝芝笑着說，她把飯盒內的一隻甜蝦夾到芯言的飯盒裏。

這一頓午飯，是芯言在高小生涯上吃過最苦、最酸，也是最甜的飯，芯言真心覺得，能夠跟林芝芝成為好友，她實在太過幸運了。

好不容易終於響起下課的鐘聲，芯言收拾好書包，無奈地跟隨柏宇走，一向循規蹈矩的她心裏暗暗思索着，萬一被媽媽知道自己曠課後，將會得到什麼懲罰。

柏宇的家在學校後方的小山嶺上，徒步大概走二十分鐘的路程，騎單車的話只需七、八分鐘。

　　由於芯言的腳受了傷不能騎單車，於是柏宇便把她載在背後，就像早上那時一樣。不過落山容易上山難，騎單車上山很費勁的，而且還要載着另一個人，柏宇騎了一半路程，整張臉孔就已經通紅了。

　　「原來你住在山坡上啊？」來到小石路的第一個分岔路口，芯言指着右邊說，「我的家就在那邊。」

　　「穿過這條路，再拐多個彎便到了！」柏宇邊說邊大口地喘着氣，想要把急促的呼吸調整過來。

　　「你還好吧？如果累的話要不就在這兒休息一下。」芯言見單車速度慢了下來，想必是柏宇太累了，於是提議說。

　　「哼，你別說笑了！」好勝心強的柏宇加緊用力地踩下腳踏，令單車再次回復原本的速度。

　　「你要逞強也沒你法子。」芯言撇撇嘴，輕聲說。

　　「原來你的家和我的家距離這麼近，怎麼從來沒在這段路碰過你呢？」

　　「只是你太大意吧，每次見你走路時不是低下頭看手機，就是抬起頭做白日夢。」

　　「你還不是天天在課堂上做夢！」芯言在柏宇背後

做個鬼臉。

　　石路盡頭樹影逐漸疏落，芯言探頭一看，只見到面前是一幅厚實的磚牆，正當她張開嘴想問個明白時，一道彷彿隱藏着的小門正緩緩打開。

　　單車穿過小門進入一片大草地，芯言回頭一望，小門竟然自動關上，而就在這時，柏宇把單車停下來，自顧下車去。

　　芯言愕然抬頭，一棟樓高兩層的灰白色獨立屋竟出現在她的眼前，屋頂鋪了猶如花瓣一層疊一層的靛色瓦片，非常奪目。

　　柏宇走到大屋的門前，說：「別發呆了，你只是擦傷了一點點，不是要我扶你過來吧？」

　　芯言回過神來，放下單車，急步走向柏宇，「原來你住在這麼大的屋子裏，怎麼從未聽說過？」

　　「爸爸！爸爸！」柏宇懶得回應，他打開大門後，隨手把鎖匙擱在架子上，他大聲叫喚了幾聲，卻沒有人回應。

　　踏入大廳，芯言再一次感到驚訝，外面看來是一座很大的屋子，怎麼裏頭跟一間普通課室的大小沒兩樣？她覺得有點不合理，卻又不好意思問柏宇，而屋內的布置跟芯言的想像亦有點不同，她一直以為這種別緻的獨

立屋的室內設計必定很有氣派，可是客廳裏竟沒有水晶吊燈，也沒有金碧輝煌的裝潢和奇特的藝術擺設，屋內布置得非常簡潔樸實，家具大都是用顏色深淺不一的原木製造，這裏的感覺更像售賣原木的傢俬店舖。

柏宇走到飯桌前，拿起一張壓在鋼筆下的紙條，看了一眼便撇撇嘴巴，「我的爸爸這幾天也不會回來。」

「他經常不回家的嗎？他去了哪裏？他忙什麼？」芯言好奇地問。

「我不知道他去了哪裏，大概又是去探險吧，他只是留下字條告訴我這星期也不會回來，叫我自己照顧自己。」柏宇說，「哈，他不在家，即是說我可以任意翻看他的收藏了！」

「你說他又去了探險？是否像那些驚險刺激的電影橋段一樣四處尋幽探秘？」柏宇的說話令芯言生出更多的疑問，在她心中，柏宇已經是古古怪怪的，原來連他的爸爸也同樣是神秘莫測。

「差不多吧，我爸爸是個收藏家，他不時會到不同的地方去尋找古跡或者寶物，也可以算是個冒險家。」

「那你的媽媽呢？她去了上班嗎？」芯言甩甩頭，問。

柏宇故意別過臉避開芯言的視線，他沉默了半晌，

突然把手中的紙條捏作一團隨手擲在枱面，冷冷地說：
「別再提起她了……」

芯言彷彿感到自己說錯了話，於是吐吐舌頭，不敢再多問。

「跟我來吧，爸爸的收藏品內有很多奇特和珍貴的東西，我們去找找關於魔法的東西吧！」柏宇穿過客廳，匆匆走上通往二樓的迴旋形樓梯。

「等等……不用先徵求你爸爸的同意嗎？」芯言緊緊跟隨着柏宇。

「算吧，這個時候他反對也沒有用。」柏宇聳聳肩，一臉得戚地說。

柏宇帶着芯言來到二樓，走到走廊的盡頭，這裏有一道像是用大理石砌成的牆壁，牆壁上掛着一個很大的相框，相框內鑲着一幅很特別的照片。

「那是爸爸從墨西哥高空拍攝的麥田圈照片，相傳是外星人留下的痕跡。」柏宇一邊說，一邊張開雙臂挽住相框的兩邊，把巨大的相框從牆壁移走。

移走相框後，芯言看到牆壁上出現一個凹凸不平的圓形圖案，圓形的中央鏤刻了一張神秘的面孔，一個又一個色彩繽紛的圓環從中心伸延，上面雕刻着古怪的符號和標誌。

「這個是什麼來的？」芯言正想伸手摸一下這個圓形圖案，卻被柏宇阻止了。

「這是一把古老的密碼鎖，我趁爸爸不為意時偷偷看過他開鎖，記下了密碼的組合。」柏宇小心翼翼地把圓環由外至內扭來轉去，花了數分鐘，「咔」的一聲，牆壁中央出現了一道裂縫，牆壁漸漸往兩邊分開。

「好厲害啊，這麼複雜的組合都記得到。」芯言突然對柏宇另眼相看。

原來這一道用大理石做的牆是一扇巨型的門，當柏宇把鎖打之後，大門便緩緩開啟。

「爸爸不在家的時候，我偶然也會潛入去欣賞他的寶物！」

「哇！裏面是⋯⋯是密室嗎？」今天出現在芯言眼前的事都是她意想不到的。

「哈，我覺得用『巨形夾萬』來形容更貼切。」柏宇笑説。

「我明白了！」芯言靈機一觸，説：「這間房子在外面看起來很大，但走進來面積卻很小，原因是屋子裏隱藏着許多這樣的『巨形夾萬』！」

「你別自作聰明！客廳細小是因為只有兩個人住，大家留在客廳的時間都不多，於是爸爸改動了原本圖則

的間隔，把我和他的房間都改大了許多，客廳的面積自然會減小。」柏宇走進去，原本黑漆漆的密室霎時亮起燈光，變得一片通明。「別發呆，快進來吧！」

芯言半信半疑的走進去，踏入房間，她便嗅到一陣青澀的味道，還有帶點甜甜的香氣，不知道是哪件寶物發出來的氣味。

「這裏收藏的古今中外奇珍異寶都是爸爸探險時得來的，爸爸心情好的時候才會讓我進來看的！」柏宇隨手拿起一把鍍金的匕首遞向芯言，「你看，這是古埃及法老王的陪葬品。」

芯言搖搖頭不敢接過匕首，她四處張望，密室像一個小小的展覽廳，裏面每一件物品都令芯言眼前一亮。

「這就像是一個寶庫啊！」芯言的目光被桌子上的一個瓶子吸引着，「這個閃閃生輝的小瓶子很精緻啊，是從哪裏得來的？」

「這個雙耳小瓶子是由外星隕石金屬鑄造的，爸爸說是亞特蘭提斯的古物，用來盛載香料的，是爸爸跟隨一隊考古探險家進行深海探險，在一首沉沒已久的船內發現的……」

「亞特蘭提斯？」芯言打斷了柏宇的説話，她盯着外面鑲着紫水晶的雙耳小瓶子，懷疑地問，「我曾經在

電視節目上聽過有關亞特蘭提斯的神秘傳說，相傳那是一個沉在海底數千年的古文明城市，即使是考古學家也未能證實它的存在……而這個雙耳小瓶子保存得這麼好，一點也不像有數千年的歷史……」

「你懂什麼！」柏宇好不勞氣地說，「關於亞特蘭提斯沉沒和智慧超高的水底人傳說有許多，除了是地殼板塊移動外，也有傳是令亞特蘭提斯浮在水面的水晶力量被奪去，城市瞬間失去動力而沉下去。」

「嘩！是真的嗎？難道是鑲在瓶子上的那些水晶的力量把瓶子保存得這麼完好嗎？」芯言不解地問，「可是這麼稀有的東西，怎麼會落在你爸爸的手上？」

「唉，算吧，你對傳說故事一竅不通，跟你討論也是徒然。」柏宇歎了一口氣，不屑地搖搖頭。

芯言不甘示弱，伸長脖子對着柏宇說：「哼，我到來這裏的目的都不是跟你討論傳說故事！」

「呀！我記起了，爸爸收藏了一本關於妖怪的《妖怪大全》，裏邊應該有你所說的雙頭巨犬資料，我拿來給你看看吧！」柏宇着芯言自行參觀寶物，自己則跑到密室另外一邊，那裏的一座大書架上插滿了厚厚的圖書，看上去應該有一千本書以上。

「不是這本，也不是這本……為什麼爸爸不把圖書

順序排列，要找可真不容易！」柏宇蹲在地上由最底一層開始搜尋，嘴巴喃喃自語，埋怨着説。

第一層、第二層、第三層、第四層和第五層也找不到柏宇想要的圖書，良久，他提起腳尖，伸手把書架上最高那排的一本圖書，用指尖慢慢拉出來。

柏宇把其中一本書取出來的同時，隔鄰的一本塵封了的圖書也一併被拉出來。

「呀！」那本又重又厚的圖書正正落在柏宇的頭頂，然後一下子掉到地上去。

「這本是什麼書來的？」柏宇一手拿起掉在地上的圖書，隨手抹去上面的塵埃，埋怨着説。

這本書像字典般厚，書皮都是黑漆漆的皮革造成，前後都有一個圓形圖案的暗花壓紋，分不清哪面是封面，哪面是封底。柏宇嘗試翻開這本書，卻找不到開口，他用盡氣力揭開書的四邊邊緣，卻不能翻開它。

「怪書。」柏宇一手把那本書掉到地上，自顧打開另外那本《妖怪大全》。

「找到了嗎？」芯言參觀完各種寶物後，走過來問。

「唔……雙頭巨犬應該屬於魔獸類吧……即是第十二章……」柏宇把泛黃的紙張逐頁揭開，仔細地查看

着。

　　芯言從旁看到書中每一頁都圖文並茂地詳細記載着不同妖怪的歷史，雖然圖畫是黑白素描，但像真度有如照片一般逼真，相當嚇人。

　　「是這個了！雙頭巨犬是古希臘神話中的怪物，尾巴是一條蛇。這裏記載牠的眼睛並沒有正常的視力，主要靠牠的鼻子和耳朵識別周圍環境來活動，而牠的弱點就在牠那條蛇狀的尾巴，那個位置是魔力的釋出點，只要把那條蛇尾封印，雙頭巨犬便會失去大部分的魔力。」

　　「真的是牠！這幅圖畫跟真的沒兩樣！」芯言驚訝地道，「這本書的作者到底是誰？」

　　「遲一些我介紹給你認識吧！」柏宇擦擦鼻子，不以為意地說。

　　芯言埋首於書中的詳細介紹，並沒有為意柏宇的說話，她用手指指着每個字細讀，書中描寫的雙頭巨犬正是她曾經遇上的那一隻。

　　「芯言，你看看這邊。」正當芯言聚精會神地閱讀書中的內容，柏宇從後輕輕拍一下芯言的肩膊，於是芯言本能地轉頭一看。

　　「哇呀！」距離芯言不到十厘米，出現了一張猙獰

的臉孔，發白而兇狠的眼睛怒視着她，那火紅色的毛髮粗糙而雜亂，頭上還長着一雙尖角。

芯言被突然出現於眼前的可怕臉孔嚇得往後一退，絆到了剛才柏宇掉在地上的黑色圖書，一屁股跌倒在地上，夾在芯言頭髮上的騰騰掉了下來，剛巧落在那黑色圖書上。

「哈哈哈，你的確很膽小！」柏宇脫掉套在自己臉上的那個惡鬼臉譜，指着芯言變青了的面色，笑說。

芯言呆了兩秒，才懂得反應，原來這是柏宇跟她開的玩笑。

「你太過分了！」芯言皺起眉頭，好不生氣地向柏宇的頭上重重敲一下，卻被身手靈敏的柏宇輕而易舉地避過。

忽然，一道金光從地下閃出，二人同時往地面一看，餘光從騰騰身上慢慢消失。

「騰騰！」芯言把騰騰捧起，緊張地叫喚着他，可是騰騰並沒有反應，也沒有變回長出手腳的小兔子。

「這一本到底是什麼書？」柏宇把那本黑色圖書拿起來，再次嘗試從書的邊緣翻開它，可是仍然不成功。

「剛才騰騰接觸到書面便發出金光，」於是，柏宇一手搶去芯言手上髮夾形狀的騰騰，用力壓在書的封面

上，「還是沒動靜呢！」

「喂，你怎麼可以這樣粗暴對待騰騰？你會弄痛他呢！」芯言打算奪回騰騰，可是反應敏捷的柏宇早一步舉起騰騰，即使芯言踮起腳尖也不夠高觸及。

「快還給我！」

「過來搶吧！」柏宇一手把黑色圖書抱在懷中，一手把騰騰拋到半空。

芯言撲上前想把半空中的騰騰接過來，情急下雙手推開柏宇，剛巧碰到柏宇懷中那本黑色圖書，圖書再次閃出金光。

「這麼神奇？」芯言和柏宇低下頭，頭頂碰頭頂的瞪眼望着這本黑色圖書。

柏宇拿起圖書，圖書上原本黑色的壓花紋換了金色，他再次嘗試翻開書皮，這次他竟輕易地打開了它。

「打開了！這真的是本魔法書，原來這本書需要雙重解鎖的！」柏宇興奮地說。

「雙重解鎖的？怎樣

破解？」

「剛才我不能打開這本書，但當身為魔法精靈的騰騰第一次接觸它，書本發出一道金光，即是解開了第一把鎖；而你就是第二個擁有魔法力量的人，你再接觸這本書，它的第二道鎖便打開了！」柏宇說，「意思就像爸爸的夾萬一樣，要開啟的話，除了要配備鎖匙外，還要按下密碼鍵，雙重保險。」

柏宇興奮地捧起這本又厚又重的書，他相信這本一定是跟魔法有關的書！

芯言被柏宇弄得一頭霧水，但她看到騰騰接觸書面後發出金光，即代表從這本書內有機會找到救回騰騰的方法，於是她立即充滿希望。

柏宇就地盤起腳坐下來，他翻開魔法書的第一頁，聚精會神地研究着那泛黃紙張上密密麻麻的細字。

「這些是什麼來的？比醫生寫病歷的字體更潦草！」柏宇失望地說。

芯言把臉靠過去書本，然後用指尖掃着一行行文字，認真地點着頭。

「喂，怎麼看這都不會是中文或者英文，亦不似日文韓文和印度文字，你不是看得明白吧？」柏宇皺着眉問。

「我明白啊！」芯言認真地回答，「這頁不就是介紹這本魔法書的使用方法嗎？」

「你沒騙我吧？可是我一點也看不懂。」柏宇瞪大雙眼，懷疑地問。

「這裏說，只要說出關鍵字，這本魔法大全可以解答所有關於魔法的問題……」

「嗯……你竟然看得懂這些魔法文字，你果然是魔女！」

「別這樣稱呼我，我才不是！」芯言撇撇嘴想駁斥，卻找不到理由。

「說出關鍵字就會顯示答案？那不是跟Google Search一樣嗎？」

「我想……差不多吧！」芯言歪歪頭，不確定地說，「這裏說首先合上書本，把手印在封面的魔法陣上，說出想要問的問題，書本便會打開，並自動翻到顯示答案那一頁。」芯言仔細地誦讀着書中的說明。

「那快試試吧！」柏宇催促着芯言，一手把圖書合上。

於是芯言立即把右手放在封面的魔法陣上，緊張地說：「請告訴我要怎樣才可以拯救騰騰！」

果然，一道金光隨即閃出，書本自動翻到中間某一

頁，上面出現了密密麻麻的文字。

「太神奇了！」柏宇興奮地問，「芯言，上面寫着什麼？」

「上面寫着要把沉睡中的魔法精靈喚醒的方法……」芯言用指尖指着奇怪的文字，細細讀着，「只要喝下魔幻國內魔幻噴泉的泉水，就能夠令失去魔法力量的精靈回復魔法力量。」

「我早說過騰騰不是死了，只是暫時失去法力吧！」柏宇聳聳肩，得意地說。

「你什麼時候說過？」芯言白了柏宇一眼。

「別追究了，快問問什麼是魔幻國吧！」

「請告訴我魔幻國到底是什麼地方來的！」芯言用雙手托起翻開的圖書，把魔法陣印在自己的掌心。

魔法書再次「嗽嗽嗽嗽」的自動翻動，最後停在一頁上，左邊寫滿了密密麻麻的符號，右邊是一幅黑白色手繪的地圖。

芯言仔細地讀着上面的符號：

「魔幻國是一個歷史悠久、熱愛和平的魔法國度，從很久很久以前開始，魔幻國是由五塊版圖組成——森林王域、星空王域、冰雪王域、海底王域和黑暝秘域，每個領域的版圖都由不同的所屬魔法互相制衡。」芯言

默默唸着，「除了一般平民外，魔幻國亦住了魔法師、魔法騎士、魔法精靈和各種魔獸。魔幻國位於地球和月球中間，相當接近地球，擁有星光寶石的星空王域露露公主一直以魔法力量把魔幻國隱藏起來，所以其他星球的人不會發現魔幻國的存在。」

「這幅地圖我看得明白！」柏宇全神貫注地研究着右邊的地圖，他指着地圖中心像太陽蛋形狀的東西說，「假如這就是魔幻國國度，魔幻噴泉就是圖中那座大山附近的湖吧！」

「那怎樣可以到達魔幻國？」芯言接着問。

這一次，魔法書翻到最後一頁，上面夾着一張全黑色的小卡。

「咦，是什麼來的？」芯言把小卡紙拿起來，然後一行燙金的字漸漸出現：「收藏室←→魔法學校」。

「讓我看看！」柏宇把卡紙搶過來，翻來覆去的仔細地看個究竟，「這好像是一張車票！」

「車票？」芯言好奇地問。

「你看，車票的背面又出現了兩行細字，寫着什麼？」柏宇把車票遞到芯言的眼前。

芯言接過車票，唸出那兩行細字：「卡卡西噹噹巴比比……」

「嗚嗚……嗚嗚……」

一陣奇怪的笛響聲不知從何而來，而且聲音越來越雄亮，彷彿一架龐大的列車即將駛至，芯言和柏宇驚訝地互相對望，突然那張黑色車票生出一股巨大的吸力。

「哇呀！為什麼會這樣？」芯言被吸力扯住，她激烈地抗衡但不敵強大的吸力，雙手已幻化成黑影被吸入車票中。

「可惡啊，不可以被吸入去的！」柏宇見勢色不妥，立即一手抱住芯言的腰，把她往反方向拉開。

「哇！現在怎麼辦呀？」吸力越來越大，芯言大半邊的身體都被吸入車票中。

柏宇用盡氣力也拉不住她，他緊緊地捉着芯言的前臂，怎料就連他也被扯進車票中去。

「哇呀！」二人被吸入一條金色光束內，刺眼的金光令他們睜不開眼來，只感到身體正高速地往下掉，而且體內逐漸發熱，意識變得模模糊糊。

是敵？是友？小矮人查冬冬

在光束裏，芯言和柏宇被強光照得睜不開眼睛，但感覺自己像溜滑梯一樣，在一個又窄又長的管道上不斷滑落。

「哇呀！究竟我們身處什麼地方？什麼時候才會着地？」面色發青的芯言大聲叫喊。

「我怎麼會知道！」柏宇拚命伸手狂抓，可是四面都沒有任何東西。

滑梯變得越來越筆直，吸力不斷把他們往下扯，他們就像是直墮深淵一樣。

「啊！」強勁的離心力把二人嚇得抱着頭高聲呼叫。

金光突然消失，眼前漆黑一片，兩個小屁股在着地前的一刻凝在半空，彷彿有着一股魔法力量承托着他們。

「咦，怎麼我好像浮在半空？」柏宇慢慢張開雙眼，他的話還未說完，魔法力量就突然消失，二人在距離地面半米左右被狠狠的摔下去。

「哎呀！很痛呀！」柏宇擦着小屁股，心想，「還

好我的屁股長好多肉，要不早被壓扁了！」

　　四周一片死寂，剛才的奇幻旅程彷彿就像一場可怕的噩夢。

　　芯言緩緩把眼睛張開，雙眼還沒適應黑暗的她害怕得在漆黑中亂抓。

　　「喂！你別亂挖！這是我的鼻孔！」柏宇說。

　　「我怎麼知道！你好噁心呀！」芯言用力推開面前朦朧的人影，卻不小心碰到一些東西。

　　「小心點！」敏捷的柏宇把被撞倒的物件一手抱住，小心翼翼地扶穩。

　　「是什麼來的？」芯言緊張地問。

　　柏宇從褲袋拿出手機來，亮起照明燈，看到眼前的是一尊栩栩如生的人形雕塑。

　　「哇，嚇死我了！」芯言拉着柏宇的手臂，說。

　　「膽小鬼！只不過是雕塑……」柏宇把燈光照向房間四周，發現他們正處身一個類似展覽廳的地方。這裏有數百尊雕像，大部分是穿着相同制服的學生模樣，當中也有披着斗笠的成年人模樣，每尊石像臉上的表情都活靈活現，一律是很驚慌害怕。

　　「這裏……到底是什麼地方？」芯言結結巴巴的問。

「相信我們已經離開了我的大屋。」柏宇把照明燈照着石像，反覆端詳地說，「你看，這尊石像的耳朵是尖的，那一尊有着兩雙眼睛，還有那尊背後長着一條長尾巴……」

　　「難道這些都是有瑕疵的雕塑品嗎？」芯言心寒地問。

　　「不……我想……這些石像都是由真人變成的！」柏宇猜測說。

　　「怎……怎麼可能，你……別胡說！」芯言回頭看着其中一尊似是逃走形態的石像，發覺石像的動作與神態的確與真人無異，只不過頭上多了一隻角吧。她的心越來越亂了，一股暈眩的感覺從心底湧出來。

　　「柏宇，我們還是趕快離開這裏吧，這裏可怕得很。」芯言望着石像驚惶失措的神情，自己的樣子也不自覺變成跟它們一樣。

　　「咦，那邊有一扇門！」芯言走上前，當她正要打開大門時，外面傳來一陣腳步聲。

　　「怎麼辦？有人來了！這裏沒有可以躲藏的地方。」頓時，芯言的心臟狠狠的抽搐了一下，她壓低聲音對柏宇說。

　　「如果被發現了，這裏可能會多了兩尊石像！」柏

宇皺起眉頭，無力地用手搔着自己的頭皮。

柏宇招手示意芯言一起躲在其中一尊石像背後，然後把手機的光熄掉，房間刹那間變得黑壓壓。他們屏着鼻息，雙腳卻不停地抖震，大家的心裏都擔憂着自己會否成為下一件藝術品。

「軋——」門打開了，透入了一線光。

良久，也沒有動靜。

柏宇忍不住探頭看個究竟，怎料大門外一個人影也沒有。

正當柏宇回頭打算與芯言商量逃走之際，就看到芯言被一枝尖銳的樹枝直直抵着咽喉。

芯言嚇得面色發白，完全沒有招架的能力。

「別亂來！有事慢慢好說！」柏宇定眼一看，發現用尖樹枝指着芯言的，是一個比芯言還要矮一截的小矮人。

小矮人雖然身材矮小，但氣勢逼人，粗粗的眉毛，凌厲的眼神，大鼻子闊嘴巴，還有一雙尖耳朵長在頭上。一看就知不是善良的人，他全身的皮膚都像樹皮一樣乾巴巴的，彷彿快要脫落，非常可怕。

「你們是誰？為什麼闖進這間學校？」小矮人撐着腰，好不勞氣地喝斥着。

「這裏是學校？為什麼有這麼多的石像？難道這是美術課室？」柏宇心想，他靈機一觸，他想到了一個法子。

「快說！你們到底是什麼人？是誰派你們來的？」

柏宇故作鎮定，一面打量着小矮人，一面反問他說：「既然這裏是學校，我們當然是來上課的啦！」

「你看不到的嗎？所有老師都變成了石像，還有誰會教你們魔法？」小矮人撐着腰，生氣得跳來跳去的。

「魔法……嗯，你不是活生生站在我們面前嗎？你教我們不就可以了嗎？」柏宇托着頭，裝作迷惘地問。

「我……我……我不會教任何人的！」小矮人吞吞吐吐地說。

「我們聽說這家學校是最優秀的，老師們都是最優秀的，所以特別從很遙遠的地方來學習！」柏宇眼珠一轉，不疾不徐的說得頭頭是道，「怎麼老師們都變了石像呢？」

「那是因為……因為……」小矮人一時語窒反應不了，他後退一步，執着尖銳樹枝的手不自覺地緩緩放了下來，剛才的氣勢似是被削去一大半。

「為什麼只有你沒有被變成石像呢？」柏宇上前追問，打算趁機把芯言拉過來。

「那……」小矮人一愣，立即回過神來，他充滿戒備地揮舞着手中的樹枝，差點沒刺進芯言的咽喉。「你們別胡鬧，快說你們到底是誰，否則你們即將成為下一尊石像！」

「我們……我們……不是壞人，我們只是來找魔幻噴泉的！」嚇得雙腿發軟的芯言趕緊回答小矮人的話。

「魔幻噴泉？你們要找魔幻噴泉做什麼？」聽到魔幻噴泉，小矮人嚇得不期然後退一步。

「你知道魔幻噴泉在哪裏嗎？我要用泉水拯救我的朋友！」芯言懾懾地摘下頭上的髮夾，遞向小矮人。

小矮人瞄了一下芯言手上的髮夾，瞪得又大又圓的眼眸已告訴大家他對髮夾必定略知一二，驚惶失措的神情完完全全流露在他的臉上。

「我不知道你們在説什麼！快離開這……這裏！這魔法學校不是你們可以隨便亂闖的！」小矮人別過臉，晦氣地説。

「魔法學校？我們真是來了魔幻國！」柏宇興奮地説。

「咔咔咔咔……」

這時，外面傳來一陣怪聲，小矮人嚇得立即跳了起來。「不好了，要是被他們發現有其他人在這裏，我便

有麻煩了！」

「都是你們倆累事！你們快跟我來吧！」小矮人跑到牆角，他輕輕地撥開了掛在牆上的一幅紅色的天鵝絨布，裏面原來是一條秘密通道。

小矮人示意芯言和柏宇爬入那條秘道，「你們一直向前走就會離開魔法學校。」

「可是我們要去的是魔幻噴泉啊！」芯言壓低聲音說。

「別胡鬧，快走吧！要是被他們抓住，那你以後別指望去到魔幻噴泉了！」小矮人忍着怒氣説。

「柏宇我們真的要走進去嗎？」芯言擔心地問。

「走吧，現在也沒有其他的方法了！」柏宇猶豫了一下，説。

芯言無可奈何，唯有躡手躡腳的爬入那條幽暗的秘道去，她忍着膝蓋上傳來的疼痛，一步步艱難地向前爬。

幽暗的秘道似是荒廢多年，裏面連空氣也充滿着灰塵。

柏宇也跟着芯言進入了秘道，小矮人看到二人走進秘道內便把布簾重新蓋上。

隔着一幅單薄的布簾，柏宇隱約聽到外面的對話，

好奇的他回頭輕輕掀起布簾的一小角。

「非勒爾大人午安，請問為什麼突然大駕光臨魔法學校？」柏宇看到小矮人急急忙忙走到門前，屈下膝恭敬地對着另一個人說話。

布簾下，柏宇窺探對方的背影，那人穿上一身鉛灰色的鎧甲，披着鮮紅色斗篷，腰間配備一把黑色的長劍。

「查冬冬，今天我巡邏的時候發現魔幻國入口的結界出現了一道裂縫，你要多加留意。如果發現陌生的外來人，一定要立即稟報黑暝領主！」說話聲音雄亮的非勒爾對着小矮人說。

「放心吧非勒爾大人，有什麼發現我一定會立即通報的！」小矮人把腰彎得更低，怯怯懦懦地說。

「哼！你這個貪生怕死的小矮人，我看你也不敢欺瞞黑暝領主！」非勒爾轉身望向房間裏頭的石像，滿意地咧開嘴巴，露出一排尖銳的牙齒。

隱藏在黑暗中的柏宇看到這個叫做非勒爾的男人，他的形體雖然像一個人，但頭顱卻是一隻狸貓。柏宇看到他可怕的樣貌，渾身發毛，差一點沒嚇得大叫起來。

「我不會忘記黑暝領主和非勒爾大人對我的恩惠，不是你們對我格外開恩，我早就跟學校的其他人一樣成

為了其中一尊石像了！」小矮人低下頭感激地説。

「你知道就好了，那班愚蠢的魔法教師和頑固的校長竟敢與黑暝領主作對！」非勒爾大笑三聲，指着小矮人説，「別忘記黑暝領主給你的任務，好好看守着這班不肯服從領主的師生！」

「好的，好的……」小矮人猛地點頭，然後把門輕輕地關上。

柏宇嚥一下口水，心裏思考着整個故事的發展，到底小矮人是否魔法師？還是黑暝領主的手下？他為什麼要背叛其他的教師？

柏宇思前想後也猜不透為何剛才小矮人要放過自己。

柏宇越想越不對勁，他覺得此地不能久留，於是他轉身快步追趕芯言的步伐。

柏宇和芯言在幽暗而狹窄的秘道上爬了大概半小時，雖然不知道到底要往哪裏去，雙腿也早已累到麻痺，但他們就只能死命地往前爬。

就在二人的體力差不多耗盡的時候，他們終於看到一絲曙光。

好不容易才爬出秘道，芯言什麼也管不了，她二話不説便躺在地上，像快窒息似的深深吸入一口又一口新

鮮的空氣。

　　柏宇眨眨眼睛適應着戶外的強光，他往後回望，發現原來自己剛剛是從一座宏偉的學院逃出來，他彷彿鬆了一口氣，說：「剛才真的很危險。」

　　聽罷，芯言支起半身，搓着壓得通紅的手肘，問：「柏宇，我們真的來了魔幻國嗎？那個小矮人⋯⋯他是壞人來的嗎？」

　　「那張黑色車票把我們帶到魔幻國來，」柏宇環顧四周，說：「臨走前，我偷聽到那個叫查冬冬的小矮人和那長着狸貓頭顱的壞蛋對話，查冬冬應該是一個魔法師，他背叛了同伴保住了自己的性命。學校裏的其他魔法導師和學生都變成了石像，只有他沒有被石化。」

　　「可是⋯⋯他違抗了命令把我們放走，也許他並不是壞人吧⋯⋯」

　　「誰知道他的目的！趁他還未追過來，我們快些離開這裏吧，萬一被他抓住，我們可能成為下一件藝術雕塑。」

　　「柏宇，我很害怕，我不想留在這個地方，我們要怎樣才可以回去？」

　　「唉，我也很想知道失去了魔法書怎麼能夠回去！」柏宇望着芯言空空的雙手，不禁把他那鋒利的劍

眉皺得緊緊。

「咦！那本魔法書呢？」在柏宇的提醒下，芯言才驚覺魔法書不在自己的手中，她驚慌的用雙手掩着嘴巴，臉色一下子發青。

「剛來到這地方的時候，我已經發現你手上沒有魔法書了。」柏宇聳聳肩，無奈地說。

「沒有魔法書，怎麼能回到原來的世界？不能回去的話，那麼就再見不到爸爸媽媽，還有可惡的哥哥……不可以的！」芯言急得雙腳亂跳，「我們要怎麼辦？」

「你不斷怪叫也無補於事，既然來到魔幻國，我們先找出魔幻噴泉把騰騰救回，然後再想辦法吧！」柏宇吐了一口悶氣，便認真地視察四周的環境。

他們處身於一片高地，身後是一個懸崖，左右兩邊都是一望無際的平原，而面前只有一片茂密的森林。

「這個地方很眼熟，我好像曾經到過這裏來，但，又好像沒有……」芯言望着眼前那片遼闊的紫藍色草坪和粉紅色的天空，自言自語。

「我們進去森林吧！」還未等芯言反應過來，柏宇已毫不猶豫地大步走入森林。

芯言抬起頭望着面前高聳入雲的粉紅色樹海，每一棵都比摩天大樓更要高，綿綿不絕的伸延到遠方。

「可是⋯⋯等等啊⋯⋯」芯言急急地追趕着柏宇快要沒入草叢的身影。

魔幻國的森林裏有着濃烈的色彩對比，各種植物鋪天蓋地地生長，花朵樹葉都能夠自由搖擺，樹木的形狀更是非常奇特，令他們大開眼界。

空氣中傳來一陣又一陣怡神的氣味，地上紫藍色的草地像地氈一樣軟軟綿綿，草叢中發出各種小昆蟲的有趣叫聲，發光的飛蟲圍繞着他們跳舞。

「這種味道⋯⋯」空氣中混着青澀和香甜的味道，芯言感到這種氣味很熟悉，卻一時忘記在哪裏嗅過。

柏宇和芯言一直向前走，風景一直在改變。

「這裏實在太有趣了！」芯言看得如癡如醉，這個森林，彷彿就像童話世界一般，豔麗的花草似在招手歡迎二人，各式各樣的蟲鳥也彷彿跟他們微笑，眼前的美麗景象令她驚訝得説不出話來。

可是在下一秒鐘，大地出奇的靜，空氣中瀰漫着不尋常的氣氛，在他們的腳下竟打開了一片奇異空間。

草叢間冒出一大堆黃色的嫩芽，枝葉和藤蔓一下子從泥土裏生長出來，腳下的小草頃刻長高，樹枝不斷延伸，葉子濃密得遮蔽了整個天空。

「怎麼一回事？」芯言僵住了，柏宇也被突如其來

的景象嚇呆了。

「颼颼……」一陣怪風不知從何而來，把樹木吹得左搖右擺。

森林一下子昏暗起來，樹木縱橫交錯地快速生長，樹葉沙沙搖曳，奏出令人心寒的聲音，前路變得異常狹窄，只足夠一個人穿過去。

「這裏變得很危險，我們要快些離開這個地方！」柏宇快步走在前面，一陣令人喘不過氣來的壓迫感湧現，他使勁地撥開長得比他還要高的草叢，芯言驚慌地抓着柏宇的手臂，緊緊的跟在他身後。

森林內的所有植物不停地生長，枝葉似是要填滿每一寸空間。藤蔓有如數十條小蛇逐漸纏繞着二人的腳，攀附着他倆往上生長。

「哇呀！我的腿被抓住了！」芯言高聲尖叫，她嚇得雙腿霎時虛脫無力。

「別倒下，倒下來就更難脫身！」柏宇不停地蹬着雙腿，想要甩掉那些不斷生長的藤蔓。

森林突然失去色彩，大地蠢蠢欲動，泥漿從地下慢慢滲出來。

芯言和柏宇用盡力氣將腳上的藤蔓拔走，拚命走出越升越高的泥窪。

可是黏稠稠的泥漿彷彿有一股吸力，把他們的腳拉下去，讓他們無法逃離。一轉眼，他們的雙腿及膝位置已被濕泥纏着。

他們正在下沉！

「哇！我們快要被扯進地底了！」芯言嚇得放聲大哭。

柏宇猛烈地掙扎着身體，可是卻徒勞無功。

就在這時，小矮人查冬冬不知從何處跳出來，再次出現在他們眼前。

「原來你們走進了魔法森林！累我到處找尋你們！」查冬冬撐起腰，生氣地説。

「你找我們做什麼？」雖然柏宇的半個身子已經沉入泥沼裏，但他仍然充滿戒備地問。

查冬冬唇角微微一牽，露出略顯淡漠的笑容，「看來你們遇上了麻煩呢！」

「哼，要你管！」柏宇不服氣地説。

「不用我幫忙嗎？那我只好走了。」查冬冬把雙手枕着在後腦勺，轉身準備離開。

「不……不要走，請把我們拉上來吧！」芯言着急地呼叫。

「叫他也沒用的！他連同伴也背叛，怎麼會救我

們？」柏宇故意提高聲線説。

「你⋯⋯你這個可惡的小鬼！」查冬冬氣得頭頂冒出白色的煙來。

「柏宇，你別這樣説吧，他一定有苦衷的！」芯言誠懇地望着查冬冬，期望得到他的回應。

查冬冬怒氣未消，他毅然坐在地上，雙手交疊在一起，瞪大雙眼看着他們一直往下沉。

「嗚⋯⋯我不想長眠在這種濕漉漉的泥濘裏⋯⋯」芯言長得比較矮小，泥巴快要淹到她的腰間上，一行又一行眼淚如瀑布一樣從她的眼眶掉下來。

「好了，是我不對，你把我們拉上來，我再向你道歉。」柏宇無可奈何，唯有不情願地哀求着查冬冬。

「哼！你求我便要救你的嗎？我又不知道你們闖入魔法學校的目的，我才不會令自己冒險。」

「真煩氣！剛才在密室不是已跟你説過我們是要找魔幻噴泉救我們的朋友嗎？」柏宇盯着那些爬在他胸前的泥濘，不耐煩地説。

「騰騰是我的好朋友，而且，他是因為救我才會變成這個樣子，無論怎樣困難，我也一定要找到魔幻噴泉把他救回來。」芯言哭着説。

「你們別妄想吧！魔幻噴泉是魔幻國的神秘境地，

只有被選中的人才有緣進入那個地方。」查冬冬冷冷地說。

「被選中的人？我不明白你的意思。」柏宇問。

「你們怎麼連這個也不知道，難道你們沒聽過關於魔幻噴泉的傳說嗎？」

「不知道就是不知道，我們才第一次來到這個地方。」眼見泥濘已經淹過芯言的胸口，柏宇焦急起來，「別再問了，快把我們救出來再說吧！」

「才第一次來到這個地方？」查冬冬猶豫了片刻，問，「你們是如何來到的？」

「我也不知道，我們只是拿起夾在魔法書上的一張黑色車票便來到這裏！」柏宇見芯言再沒有哭了，她抿着嘴，以免吞入令人作嘔的泥巴。

「黑色車票？你們是乘搭魔幻列車而來的嗎？」查冬冬驚訝地彈到半空中，他不敢相信地望着快要沉沒的二人，「你們……莫非就是預言中從結界另一端的地球星來的使者？」

「快……唔……拉……唔……」就連柏宇的嘴巴也塗滿泥巴，芯言整個人已經浸入泥沼裏，他倆根本無法聽到查冬冬的説話。

「巴卡卡察查查！」查冬冬從衣袖中取出那枝尖鋭

的樹枝揮向泥沼中的二人，嘴巴喃喃唸出一連串的咒語。

芯言和柏宇立即被一股神奇的力量拉起，浮在半空中，就像兩隻被吊起來的泥鴨子。

「砰」的一聲，二人重重的摔落到了草地上。

「哎呀，很痛呀！你救人的方法就不可以溫柔一點！」柏宇一手抹去臉上的泥濘，一面埋怨查冬冬說。

「你真有趣，我救了你，你竟然不是第一時間向我道謝，反而是怪責我不夠貼心？」查冬冬狠狠地往柏宇身上踢去，怎料柏宇敏捷地躲開了。

「他不是故意埋怨的，只是一時情急吧。」芯言怕會再次惹怒查冬冬，於是連忙解釋，柏宇卻一臉不滿的脫掉鞋子，倒出裝在裏面的泥漿。

「你倆膽子真大，竟敢擅自闖入魔幻森林，要不是我及時趕到，你們早就成為森林的肥料！」查冬冬撐着腰從頭到腳打量浸滿泥巴的芯言和柏宇。

「謝謝你啊！我們沒想到原本鳥語花香的森林會突然間失去色彩，濕滑的泥濘從地下溢出來，飛快地生長的藤蔓把我們纏住，讓我們往泥沼裏下沉。」芯言回想剛才的景象，至今仍然不敢置信。

「魔幻森林變化多端，每天就像一年四季一樣，時

刻在更換衣裳，沒有一定能力的魔法師，也不敢貿然進入魔幻森林。」

「那麼説，你是法力高強的魔法師吧！」柏宇試探着問。

「那還用説！我就是第三等級的魔法師！」查冬冬挺起胸膛神氣地説。

「第三等級的魔法師？即是很高的級別嗎？」芯言問。

「怎麼你們連這個也不知道！」查冬冬訝異地説，「你們聽好，魔幻國的魔法師共分了六個級別，初學者是沒有等級的見習魔法師，畢業後會成為第五等級魔法師，懂得運用一般的魔法，例如控制自己所屬的元素、騎掃帚飛天和傳送物件等。」

就在查冬冬解説的同時，森林的景象再次變化，泥沼如水缸甩開了活塞一樣，泥漿像旋渦一樣往地底捲去，帶着香味的粉紫色的嫩草再次長出，引來一羣發光的小蟲飛來飛去，森林一下子回復恬靜。

「而當魔法程度提升後就會晉升為第四等級，可以呼喚魔獸和運用魔法道具；第三等級是教師級別，魔法力量更高階，能夠隨時變裝和將物件轉移，而且還能運用傳心術與其他人溝通。」查冬冬説得興致勃勃，就像

非常欣賞自己的成就。

「啊！這麼神奇！那麼最高的三個等級呢？」芯言聽得入神，要是她平日在課堂這麼留心，成績一定會比現在更好。

「第二級魔法師除了可以控制自身所屬的魔法元素外，更能控制其他的元素，簡單來說即是可以呼風喚雨，更厲害的是可以透過幻術迷惑敵人，甚至擾亂別人心智，在魔幻國只有非常少數的魔法師擁有這級別的資格。」

「第一級更厲害，力量只在公主殿下、黑暝領主和白魔法師之下，可以自由運用『時空系』魔法，即是可隨意使時間變慢，再厲害一點更能令時間停頓。」

「好厲害啊！騰騰能夠暫緩時間，即是說，他是第一級的魔法精靈！」芯言對着柏宇說。

「對啊，領着雙頭巨犬在操場上把騰騰變成這個樣子的同樣是第一級的魔法師！」柏宇提醒芯言。

「咦，你只介紹了五個級別，可是，你剛才不是說有六個等級的嗎？」聽得入神的柏宇數數手指，不解地追問。

「最厲害的當然是至尊級的大魔法師，那是⋯⋯」查冬冬瞥了二人一眼，突然想起自己來的目的，「喂！

我到來並不是要向你們解釋魔法師的級別，而是有事情要向你們問個究竟！」

原來，查冬冬第一眼看見芯言時，便覺得她很眼熟，彷彿有種似曾相識的感覺，但他是從來也未見過芯言的。及後，當芯言跟柏宇逃走後，他想起芯言向他遞上的髮夾，一個原本教他差點忘記的影像閃現眼前……

他很驚訝，難道芯言就是魔法學校校長奧滋丁被變為石像之前，跟他透露過的那個拯救魔幻國的魔法勇者嗎？

他要求證，所以他趁非勒爾帶着手下離去後，趕忙由秘道追出，剛巧就遇着受困於魔法森林的二人。

再見芯言，查冬冬的回憶像決堤般湧現，那是一段令他內疚得不斷自責的過去，他的思緒回到魔法學校遭遇黑暝領主大軍突擊的那天。

他記得，突如其來的襲擊令魔法學校上下亂作一團，如果是正規的攻擊，集魔法學校眾導師的力量還可以一拼，可惜那狡猾的醜八怪非勒爾使詐令魔法導師力量分散，再而逐個擊破。

當日，原本校長奧滋丁在地下室教授畢業班學生大地魔法力量，誰料非勒爾預早設下埋伏，挾持學生並禁制學校內的魔法力量。

黑暝領主把可以將人石化的梅杜莎頭顱賜予了非勒

爾，非勒爾拿着那滿頭蛇髮的梅杜莎頭顱，在校長奧滋丁面前一個接一個把導師和學生變為石像，而最後非勒爾更用慢速石化魔咒施予奧滋丁，要他體會逐漸成為石像的恐懼和痛苦。

查冬冬想得出神，渾然不覺自己眼角滴出了淚。

因為他內疚，他記起當天他害怕得瑟縮在地下室暗處，對黑暝領主大軍的進襲沒有反抗，更對被施魔咒的校長奧滋丁沒有伸出援手，眼白白看着一班同僚和天真可愛的學生變為一尊又一尊的石像。

及至非勒爾帶着大軍離去，他才敢從地下室跑回地上，他戰戰兢兢地走到只餘下右手右肩及頭顱還未完全石化的校長奧滋丁身旁，他哭着，他為自己的懦弱感到羞恥而流淚。就在那時，已經傷重得奄奄一息的大魔法師用僅餘的氣力，提起還未石化的右手，用魔法杖在地上透出一個魔法陣，魔法陣釋出一陣陣光芒，而在查冬冬浸滿淚水的眼底，隱約呈現一些朦朦朧朧的影像。

他記得當時奧滋丁虛弱地說：「這是解救魔幻國的預言……查冬冬，好好記着裏頭的人……」

魔法陣的影像裏，一輛魔幻列車靠站，然後一位妙齡少女下車，在少女快要轉身可看到樣貌前，影像突然消失得無影無蹤，因為奧滋丁已被完全石化，他的預言

魔法亦到此失效。

　　查冬冬沒法子再向奧滋丁追問，他唯有守着這個想不通、參不透的秘密。而查冬冬可能是為了要完成奧滋丁的遺願，又或者他天生懦弱，他最後向黑暝領主投降了，成為守在荒廢魔法學校的雜役。但隨着日子一天一天過去，查冬冬待在荒廢的校園內，總等不着那個傳說中的人到來，他感到沮喪，亦漸漸覺得絕望，那個曾經看過的預言影像亦逐步遺忘掉了。

　　直至此刻，他碰到一個突如其來的少女，這少女不單是乘坐魔幻列車到此，而且手執魔法精靈化身的髮夾，他內心重燃起一絲希望，他想求證，眼前的少女是不是校長奧滋丁變成石像前所指的那位勇者。

　　查冬冬直接問芯言：「你是來拯救魔幻國的勇者嗎？」

　　芯言被他這樣一問，反應不過來，還是柏宇腦筋比較靈活，反問：「你為什麼這樣問？」

　　心急的查冬冬毫不猶疑地吐出一句：「因為我想知道她是不是我一直等待的人！」

　　「勇者？我不是……」

　　柏宇靈機一轉，阻止芯言說下去，指着芯言頭頂上的騰騰髮夾插嘴道：「我們是不是你口中的勇者，帶我

們到魔幻之泉，救回我們的朋友，他自會給你答案。」

查冬冬來回踱步一番，終於似下定決心，說：「好吧！」然後他從懷中拿出剛才那枝樹枝做的魔法杖，在地上畫出魔法陣，再示意芯言和柏宇站在其中。查冬冬口中唸唸有詞一番後，大地隨之傳來一陣騷動似的，一股綠色光芒包圍着芯言兩人，兩人的身體漸漸在魔法陣中往下沉。

柏宇大叫：「喂！你不是跟我們一起去魔幻噴泉嗎？」

查冬冬搖搖頭，說道：「這是通往魔幻噴泉的魔法陣，只有被選中的勇者才能走入黑暝領主設下的結界，進入魔幻噴泉，其他人強行走進魔法陣只會永遠被困在迷失空間內無法走出來。」

「你說什麼？永遠被困在迷失空間內？」柏宇聽罷立刻想拔腿就跑出來，可是他的雙腳已經沒入在魔法陣內，而那綠色的光芒亦令他動彈不得。

查冬冬搔一搔下巴，突然想起一件事，在柏宇和芯言完全沒入魔法陣後，他輕輕續道：「順帶一提，魔幻噴泉的泉水擁有強大的魔法力量，黑暝領主早就把它封印起來，即使你們真的是被選中能夠進入魔幻噴泉的勇者，要喚醒被封印的噴泉才是你們最大的考驗！」

黑曜石的封印

　　綠色的光芒耀眼得令柏宇和芯言要以雙手擋住眼睛，同時間一股暖流從下而上穿過他們的身體。

　　半晌，二人感到雙腳下輕飄飄的，彷彿懸掛半空。

　　「哇呀！」柏宇和芯言在離地半米的魔法陣跌出來。

　　「我們……到了魔幻噴泉嗎？」壓在柏宇身上芯言瞪大雙眼吃驚地問。

　　「你很重呢！快下來吧！」成為人肉墊子的柏宇大字形躺在地上埋怨說，他望着頭頂的魔法陣漸漸消褪，最後消失得無影無蹤。

　　芯言立即從柏宇的身上爬下來，問：「你沒事吧？」

　　「沒事就怪了！」柏宇右手撐着地面勉強坐起來，左手揉着腰背對芯言說，「假如再次見到查冬冬，你應該要拜他為師！」

　　「為什麼呢？」芯言問。

　　「學會了空間傳送的魔法陣，你以後上課就不會再遲到吧！」柏宇揶揄芯言。

　　「你遲到的次數一定比我多！」芯言瞪他一眼，當她望向四周，面色立即發青，說，「這個地方一片荒

涼，不像是魔幻噴泉，難道我們已掉入迷失空間？」

「我猜我們腳下的就是魔幻噴泉！」柏宇忍着腰痛爬起來，説。

「怎麼可能？這裏一點水也沒有！」芯言望着地上乾燥的泥土，控訴着説。

「你看到遠方那座高山嗎？還有對岸那棵快要枯死的大樹？我記得魔法書上印着的地圖顯示魔幻噴泉的所在地，與這兩者剛好圍成一個等邊三角形，」柏宇眺望着遠方説，「我們正站在窩了下去的泥地，這裏就像一個超大的盤子，形狀也像一隻太陽蛋，與地圖上魔幻噴泉的形狀相似，這裏原本一定就是魔幻噴泉！」

「別説笑了，假如這是魔幻噴泉的話，那泉水往哪裏跑了？」芯言不耐煩地問。

柏宇一拐一拐的向着泥地的低處往下走，在最低處，他彷彿看到一些閃爍的東西。

「你看看這裏！」柏宇向芯言招手。

「四處都是乾巴巴的泥土，怎麼這裏突然會有一塊晶瑩剔透的黑色石頭？」芯言追着柏宇跑過來，她蹲在地上看着那顆如欖球般大小的石頭。

「這是黑曜石，我曾在爸爸的書中看過，它是擁有禁制力量的魔法石。」柏宇用指頭敲了一下黑曜石。

「禁制力量？」

「看到嗎？穿過半透明的黑曜石底下隱約看到水的流動。」柏宇指着半透明的黑曜石，說。

「真的呢！」芯言像發現了寶藏一樣驚喜萬分。「一定是這顆黑曜石堵塞了泉水，令魔幻噴泉乾涸。」

「要怎麼才可把它拔起來？」柏宇嘗試扒走黑曜石邊緣的泥土把石頭掘起，卻發現原來它深不見底。

「咦，黑曜石上好像刻了一些符號，芯言，你來看看。」柏宇撥開覆着黑曜石的泥土，說。

「奉黑暝領主之命封印魔幻噴泉，任何人不得擅自解除封印，違者必須重治。」芯言唸着上面的符號。

「可惡！這樣艱難才來到，魔幻噴泉竟然被封印了！」柏宇咬緊牙關，不忿地說。

「黑暝領主就是下令把大家變成石頭的大壞蛋嗎？」芯言問，「那我們應該怎麼辦？」

柏宇抿着嘴搖搖頭。

芯言趕緊拉着柏宇，說：「我們要想辦法解除封印救回騰騰！」

「你還有心情擔心騰騰，現在我們自身難保！」柏宇軟癱坐在地上，他把手按着前額，沒好氣地說。

芯言一怔，望着面前的一片荒涼，不禁心裏一沉。

時間一秒一秒的過去，除了二人的呼吸聲，再也聽不到其他聲音。

　　二人互相對望，誰也想不出法子來。

　　就在這個時候，空氣中傳來一把温柔的聲音。

　　「芯言，我等你很久了，你終於來到魔幻國了！」

　　「是誰？」反應敏捷的柏宇站起來四處張望，卻看不到半個人影。

　　「是你嗎？一直在夢中呼喚我的，就是你嗎？」芯言記起這把聲音。

　　「對啊，我就是星空王域的露露公主，是我派出魔法精靈亞古力多克司去找尋被選中的魔法少女。」露露公主的聲音在空氣中迴盪。

　　「露露公主，亞古力……嗯……你説的是騰騰吧！他失去了魔法力量變回一隻髮夾，請你救救他吧！」芯言對着空氣，一臉茫然地説。

　　「我被困在黑暝魔法內，只能運用殘餘的魔法力量把聲音傳過來，對不起，我已經再沒有力量把亞古力多克司救醒，不過魔幻噴泉可以把他喚醒的！」露露公主的聲音轉為遺憾。

　　「可是魔幻噴泉已經被封印。」

　　「這個世界上有光也有暗，可是邪惡奪取了正義的

力量，令黑暗正慢慢吞噬光明，只有你⋯⋯能夠解開封印⋯⋯」

「解開封印？」

「芯言，你身體內蘊藏着的紫水晶力量可以用來帶你們離開魔幻國，也可以用來解開黑曜石的封印，不過我必須提醒你，倘若黑曜石的封印被解除，黑暝領主便能發現你擁有的魔法力量，那麼你便會有危險⋯⋯」

「芯言，你只是個對魔法力量毫無認識的小學生，你不會是黑暝領主的對手的！」柏宇插嘴說。

「芯言，這是個危險的任務，要是你不願意的話，只要踏進這個魔法陣內，你們便可離開這個地方，你好好考慮一下吧⋯⋯」露露公主的聲音越來越微弱，話未說完聲音便消失了。

出現在柏宇和芯言跟前的，是跟剛才查冬冬送他們來時相同的魔法陣。

「等等⋯⋯公主⋯⋯」芯言叫住公主，可是再得不到回應。

瞬間，四周再次變得寂靜。

「似乎通話斷線了，我們還是回去吧！」柏宇無力地站起來。

「不⋯⋯絕對不可以放棄騰騰的！」芯言心頭上湧

出一股能量來。她記起今早騰騰教她唸的咒語，她閉上眼集中精神沒有多想，紫光便從她掌心隱隱透出，「古老的光之魔法至高無上……出來吧，光之魔杖！」

一道紫光凝聚在芯言的身上。

「哇！什麼來的？」柏宇訝異地望着從芯言手心穿出來的魔杖。

魔杖閃出耀眼的紫色光芒，把灰暗的大地照出了色彩。

「芯言，你不是想用這個東西解開黑曜石的封印吧？」

「騰騰是我的朋友，而且他是因為救我才會變成這個樣子，所以……所以無論如何，我一定要想辦法喚醒他！」芯言把魔杖指向地上的黑曜石。

「可是若果打破封印的話，泉水會立刻湧出來的，還未等到黑暝領主來對付你，你已經被浸死了！」柏宇一手拉住芯言，他不明白一向怕事的芯言從何得來這麼大的勇氣。

「你別理我，現在只有這個辦法，才能把他喚醒！柏宇，我已經決定了，你先走進魔法陣吧，我同樣不想你置身危險！」芯言甩開柏宇，堅決地說。

「連你也不怕，我怎麼可能害怕！」柏宇說完便走近芯言，「可惡……唉，我來幫你吧！」

「神聖的紫晶星光力量，請你解除黑曜石的封印，

回復魔幻噴泉原本的面貌！」魔杖頂端發出紫光，射向黑曜石，折出五彩極光。

隨着芯言堅定的心，光芒越趨耀眼，黑曜石中央出現了一道裂縫，然後「嘭」的一聲，整塊石頭爆開，碎片散落一地。

芯言成功解除黑曜石的封印，銀色的泉水哇啦哇啦的從泉眼出，噴射到半空之中，然後如瀑布一樣傾瀉下來。

「成功了！」芯言抱住身後的柏宇，高興地大叫。

轉眼間，澎湃的泉水已浸到二人的膝蓋。

「芯言！別高興得太早，我們得趕快離開這個地方，要不我們便會被淹在水底的！」柏宇拉着芯言的手向着魔法陣拔腿就跑，可是泉水實在升得太快了，二人連爬帶滾的被沖開，路還未走到一半，泉水就淹過他們的膝蓋了。

「怎麼會有這麼多水……水不斷地湧出來……我不懂游泳的！」面色如鐵的芯言大喊，「這次沒命了！」

柏宇背向着芯言，要她從後扣住自己的脖子，「無論如何也不要放手，我一定會帶你離開這裏的。」

水位越升越高，二人提起腳尖抬起臉，柏宇壓抑着內心的恐懼努力地向前游，可是礙於體力的限制，他根本不能背着芯言繼續前進。

「柏宇，你自己走吧！」口和鼻都不停地被灌入泉水的芯言吃力地對柏宇說，她的雙手漸漸無力地從柏宇的脖子上鬆開。

　　「傻瓜，我才不會放棄。」柏宇一手捉緊芯言快要滑下來的手，用另一隻手拚命往前游，「一直堅持到底不肯認輸的是你，到了現在，我也不會放棄⋯⋯我絕不會捨你而去！」

從半空中往下瀉的水柱把湖水撞得波濤洶湧，浪花不斷衝擊着芯言的耳畔，除了水聲她什麼也聽不到，一陣又一陣暈眩感覺衝上腦門，眼前漸漸變得漆黑。

　　距離岸邊只不過是三數百米，可是泉水漲升得實在太快了，二人的身體不斷地被急速的水流拖往水底，體力透支的柏宇終於敵不過水流的威力，最終也失去意識，與芯言雙雙沉入水底。

　　「啵——啵——」

　　就在這時，在銀色的湖中央冒出一個又一個氣泡，晶瑩的水珠在空中凝結，一個發出奪目光芒的毛毛球緩緩從水中升起。

　　一雙紅寶石般的眼睛、長而大的耳朵和毛茸茸的身體漸漸露出水面，原來是變身成為飛天毛毛兔後的騰騰！

　　騰騰的身上竟載着全身濕透的芯言和柏宇！

　　騰騰展開他長長的耳朵，變成一雙有力的翅膀，瞬間往岸邊飛過去，把銀光閃閃的水面濺出一道白痕。

大魔法騎士的魔法指環

　　恢復了魔法力量的騰騰顯得格外有活力和衝勁，轉眼間他已把二人帶到岸邊。

　　首先醒來的是柏宇，他被面前那回復舊貌的魔幻噴泉懾住了，澎湃的銀色噴泉水在湖中央射到半空再傾瀉下來，上空的厚厚雲層漸漸消散，在陽光照耀下，銀色的泉水分外閃爍，令魔幻國度回復一點點夢幻。

　　「芯言，現在沒事了，你快醒醒！」柏宇緊張地扶起芯言，撥開她額前凌亂的秀髮，在耳邊叫喚她。

　　看到芯言緩緩地睜開眼睛，柏宇才敢鬆一口氣。

　　「芯言、柏宇，多謝你們救了我，全靠你們的勇氣和堅定，才能令魔幻噴泉回復了本來面貌！」變大了的騰騰感激地說。

　　「可是，我不太喜歡洗澡的！」他用力甩乾濕漉漉的毛髮，然後把身體變回原來細小的「小」兔子模樣，輕輕舔着掌心的小肉球。

　　「騰騰，你沒事那就太好了！」芯言看到騰騰，高興得放聲哭了出來。

　　「我已經恢復所有的記憶了！」騰騰望着眼前閃爍

的銀色泉水，感動地説，「歡迎你們來到魔幻國，我其實是守護星空王域露露公主的魔法精靈。」

「星空王域露露公主就是剛才那把聲音的主人吧？她到了哪裏去？」柏宇一邊倒出鞋子裏的水，一邊插嘴問。

「是呢，你為什麼會走到地球去？」芯言也追着問。

「是這樣的，原本魔幻國共劃分為五塊版圖——森林王域、星空王域、冰雪王域、海底王域和黑暝秘域。」騰騰低下頭，難過地道，「魔幻國的五個領域一向和平共處，但突然有一天，黑暝秘域的黑暝領主暗中與邪惡魔王訂下契約，他為了統治魔幻國，借助魔王巨大的力量把象徵魔法力量泉源的魔幻噴泉封印了。」

「不久之前，黑暝領主已成功攻埳森林王域，而在他攻打星空王域的時候更把露露公主囚禁起來，目的是要毀滅公主的星光寶石。」

「毀滅公主的星光寶石？」

「星光寶石內蘊藏無盡的魔法力量，是唯一可以對抗黑暝領主的黑魔法的力量。」騰騰説：「要是星光寶石落入黑暝領主的手中，他要征服整個魔幻國簡直易如反掌，於是公主一早着我把星光寶石帶走。」

「露露公主被囚禁在哪裏？我們快去救她出來吧！」芯言説。

「哼！你別説笑了，你剛剛才從地獄邊緣走回來，你有什麼本領去救公主？」柏宇脱去上衣，用力把水扭出來。

「沒有人知道露露公主被囚禁在哪裏……」騰騰低下頭，難過地説，「就連我也感應不到公主的下落……」

「星光寶石現在放在哪裏呢？」柏宇追問。

「我在躲避黑暝領主追捕的途中，不慎被他發現，在他的重擊下，星光寶石被他擊破了，星光力量隨着碎片被分散，而我就掉落在地球星，並失去了部分記憶。」

「那豈不是沒辦法打敗黑暝領主，把公主救出來？」芯言問。

「星光寶石雖然被擊碎，但分裂的碎片卻隨宇宙星塵散落在不同的地方，黑暝領主並不知道碎片內仍保存着一定的星光力量，我相信只要找齊星之碎片並把力量集結，便會有機會對抗黑暝領主，令魔幻國回復原來的模樣。」

「星之碎片？」當芯言聽到這名字，她的心胸突然

傳來一下絞痛。

「芯言，蘊藏在你身上的就是其中一部分的星之碎片了！」

「你說什麼？」芯言疑惑地問。

「星光寶石是由公主純真的心孕育出來的，而當寶石化為星之碎片，它需要找尋它的新主人才能保存力量。」

「它選了我做它的主人嗎？」芯言一臉驚愕。

「對，你的確是被選中擁有星之碎片的魔法少女，只有同樣擁有純真的心的人才能把星光寶石的力量發揮出來！」

「她可以發揮星光寶石的力量？」柏宇擺出一副不敢置信的樣子。

「對，芯言擁有一顆純真的心，而在剛才危急中，她願意冒險捨身拯救朋友，已經通過了勇氣的考驗，只要作出承諾便能成為正式的魔法少女！」騰騰解釋說。

「想不到一個這麼膽小的人都能通過勇氣的考驗。」柏宇瞄了芯言一眼，把雙臂枕在後腦勺。

「勇氣是取決於決心而不在乎膽量，」騰騰說，「你已經擁有了通往魔幻國的鎖匙，剩餘的星之碎片早晚也會找上你來，你願意承擔保護星之碎片的使命，成

為星之魔法少女嗎？」

「芯言，你一向怕事，要是你答應成為魔法少女，就會經常遇到可怕的事情，你要認真的考慮啊！」柏宇用手肘碰了芯言一下，告誡她說。

「魔幻國正逐漸遭受到黑暝魔力的吞噬，如果被黑暝領主得到星之碎片，他要取得屬知識系的海底王域和屬治癒系的冰雪王域就易如反掌，而他的魔法力量更能直接打通連接地球星的通道，長此下去，魔幻國和地球星早晚也會被黑暝力量消滅的。」騰騰一臉凝重地說，「不過，要是你沒有堅定的信心，也不能發揮星光寶石的最大力量對抗黑暝領主，我可以再去找尋其他合適的魔法少女。」

「我願意，既然星之碎片選中了我，我一定會盡力守護身邊所有人，不會令大家受到傷害的！」芯言望著手中閃著紫光的魔杖，心裏堅定地說。

「那太好了！」騰騰在空氣中畫了一個五芒星的魔法陣，金光懸掛在半空，一本黑色的魔法書從魔法陣中穿出來。

「這本屬於星空皇族的魔法百科全書會幫助你解決困難，由現在起它便是屬於你了。」隨即，魔法書慢慢飄到芯言的手上，芯言定眼一看，發現原來是柏宇家中

那一本魔法書。

　　她接過魔法書後，原本黑色的書皮換成純白色，封面的五芒星更閃耀着紫色的光。

　　「這不是我家中的藏書嗎？是我爸爸不知在哪次冒險中取得的，你怎麼可以拿別人的東西隨便送人？」柏宇不滿地向騰騰控訴。

　　「當男生的就別太介意吧，假如你看得明白內裏的文字，還給你也沒問題！」芯言揶喻柏宇説。

　　此時，騰騰伸出手在半空中畫了個圓圈，然後用指尖隔空向着芯言輕輕一點，在芯言的胸前立即出現一個小小的紫色光球，而那本魔法書瞬間幻化成白煙被吸入光球內。

　　當金光漸漸退去後，出現在芯言心胸前的是一條繫着一顆小兔子形狀水晶鏈墜的頸鏈。

　　「芯言，平日你可以把魔法書收在這條水晶頸鏈內，到有需要時便把它召喚出來。」騰騰説。

　　「很漂亮啊……」芯言定眼看着那水晶鏈墜，被它閃爍的光芒深深吸引着。

　　「柏宇，雖然你並不是星之碎片的主人，但你機智過人，多得你，我們才能來到魔幻國，加上你曾幫助芯言解除黑曜石的封印，危險時更對她不離不棄，這個是

你應得的魔法法寶。」騰騰轉身向着柏宇又畫了個圓形，柏宇的手上立即出現了一枚指環。

「這枚曾經屬於大魔法騎士安雷爾‧普名的魔法指環，可以呼喚屬於指環主人的魔法元素力量。」

「難道這個就是傳說中的魔法道具？」柏宇興奮地說，雙眼不敢置信地凝視着自己手上的白色指環。

「對，這就是其中一種魔法道具。透過魔法道具，即使不是魔法師也可能使出潛藏體內的魔法力量。」騰騰說，「其實每個人身體內都有屬於自己的魔法元素，只不過一般人沒有察覺而已。」

「這種魔法道具要唸咒語的嗎？」柏宇拈起輕如羽毛的指環，夾在兩指中間把它前後滾動。

「不用唸咒語的，指環能感應你想使出的力量。雖然你不是魔幻國的子民，潛在的魔法力量有限，但只要了解自己體內的元素力量，並不斷反覆鍛煉，就可以透過魔法指環釋出魔法力量！」

「好吧，我試試看。」柏宇把指環套在右手的食指上，指環的尺寸出奇地合適。

「不過一般人即使擁有魔法指環也需要一段長時間的練習才可⋯⋯」騰騰正想解釋指環的力量時，柏宇已急不及待地使出魔法元素。

「火焰力量！」柏宇伸出手掌，急不及待大喊一聲，可是四周一點變化也沒有。

　　「運用魔法力量不是單靠嘴巴的，是要摒除雜念，並用心去感應，而且……」騰騰沒好氣地說。

　　「哦！那我明白了，讓我再試試吧！」柏宇輕輕閉上眼屏住呼吸，一種難以抵擋的力量正在他的體內凝聚。他感覺體內傳來一股被燒灼的火熱，當力量聚集到手掌時，柏宇喝出一聲，一個小小的火球從他掌心出現。

騰騰被柏宇突然使出的魔法嚇了一跳，雖然只是一個大小像乒乓球的火球，沒太大攻擊性的，但畢竟是柏宇第一次使用魔法指環，理應也不能使出這種力量。

　　柏宇得意洋洋地炫耀着手中的小火球，説：「這魔法道具實在太神奇了！」

　　「好厲害啊！原來你的魔法元素是火呢！」芯言拍手歡呼。

　　「也試試其他力量吧！寒冰力量！」這次柏宇握緊拳頭，可是在指縫間噴射出來的不是冰雪，而是一條像從壞了的花灑流出來的小水柱。

　　「什麼，他能夠運用雙元素？」騰騰凝視着手舞足動的柏宇，心感訝異，他不相信一個普通的地球星人這般容易便能掌握魔法元素的運用。

　　「哈哈！這是水花不是冰雪啊，不過口乾時也可用作解渴吧！」芯言伸手盛載着從柏宇指縫間噴出的小水柱。

　　柏宇感到難以置信，身體內的力量竟然能夠隨着自己的意識運行，他再次叫喚：「暴風力量！」一陣柔和的風輕輕從他指頭吹出。

　　「這種風速就連身上濕漉漉的衣服也吹不乾啊！」芯言搖搖頭，掩着嘴巴故意偷笑柏宇。

於是，柏宇急不及待嘗試另一種元素力量，「大地力量！」

　　大家屏住呼吸，瞪着地上的異動，可是等了好一會，一點動靜也沒有。

　　「似乎你比較適合運用火元素的力量啊！」芯言咬着指頭，認真地思考着。

　　「太神奇了！你竟然能夠喚出三種元素，在魔幻國，即使見習魔法師也需要練習好幾個月才能使出所屬魔法元素的低級力量！」騰騰拉開嗓門，不敢置信地高叫。

　　「哈哈！從小時候，爸爸就教導我認識萬物間每種自然元素，更要我學習感應潛藏身體內的各種元素和提升潛能。」柏宇神氣地擦擦鼻子說，「他曾說過，人類與生俱來都有呼喚不同元素的力量，只是大家都不去練習，所以感應力漸漸退化，要是找到合適的魔法道具，元素力量就得以發揮！」

　　「你的爸爸也知道各種魔法元素的事？難道他也是魔法師？」芯言問。

　　「風、火、水、土其實是萬物衍生的四種元素，並不止於魔法用途。」柏宇一邊使出風之魔法，用微弱的風慢慢把上衣吹乾，一邊說：「我從未見過爸爸使用魔

法！如果他是一個魔法師，我早就成為魔法少年了！只不過他太喜歡研究神秘的力量，例如宇宙的蟲洞、傳說外星人留下的麥田圈和阿特蘭提斯的水晶力量等，而魔法力量剛好就是其中的一種……」

「哮！」柏宇還未說完，突然，一聲震耳欲聾的吼叫聲音從不遠處傳來。

「糟了！是雙頭巨犬！一定是黑暝領主知道我們解開了魔幻噴泉的封印，令噴泉與外界再次連接，於是派雙頭巨犬來對付我們的！」騰騰指着從魔法樹那邊跑過來的兩頭雙頭巨犬大叫。

「那怎麼辦？」芯言本能地退了兩步，慌亂地說。

「芯言，變身吧！呼喚出你身體內星之碎片的真正力量！」騰騰果斷地叫道。

「可是……我……」芯言皺了一下眉頭。

「相信你自己，你已經不再是膽小怕事的芯言了！」同一時間，騰騰再次變大身體，準備迎戰。

芯言的手心漸漸熱熾起來，前額發出淡淡的紫光。

「紫晶星光力量，變身！」紫光結成一張巨網，慢慢包裹着芯言的頭髮和身軀，一個巨大的紫色魔法陣從芯言腳底出現，漸漸由下而上穿過她的身體。

轉眼間，芯言的身體閃耀着紫色光芒，她換上了一

身紫色和粉色的華麗戰衣，手腕上配戴着手環，雙腳套上短靴，額前那細碎的劉海下露出了一條鑲嵌着紫水晶的額環，正正壓在眉心，她手上的魔杖更變長了許多。

「哇，真……真的變身了！」柏宇驚見眼前的芯言華麗蛻變，他看到芯言的眼神裏出現了一份前所未有的堅定。

就在這時，兩頭兇悍的雙頭巨犬衝到來，露出猙獰的獠牙。

「芯言，請求魔法書指引吧！」騰騰提示説。

「出來吧，魔法書！」芯言説罷，胸口上那鏈墜便發出一道金光射在芯言的手中，一本漸漸變大的魔法書出現在她的掌心。

一身魔法少女裝束的芯言一手捧起魔法書，一手拿着魔法杖，默默唸着：「無所不知的魔法書，請你替我選出合適的魔法！」

魔法書的書頁自行翻動後停下了來，書本攤開在芯言的掌上。

「雙頭巨犬的弱點就在牠的尾巴……」芯言唸出魔法書的內容。

「對了，《妖怪大全》內説過只要把雙頭巨犬那

條蛇尾封印，牠便會失去大部分的魔力，不能再作惡了！」柏宇的腦際閃起在密室看過的《妖怪大全》裏的介紹。

「嗯，明白了！就用這種魔法吧！」芯言點點頭，信心滿滿地說。

芯言把魔杖指向雙頭巨犬，一道迷幻的紫光聚焦在魔杖的頂部，形成一個半透明的紫球。

「紫晶鎖鏈，淨化！」紫光隨芯言的口訣變成一堆咒語符碼，符碼直衝其中一隻雙頭巨犬，把它的尾巴團團纏繞，巨犬一下子變成了跟平凡鬆毛犬身形一樣的雙頭小狗，樣子可愛又溫馴，牠尾巴的那條毒蛇則變成了胖乎乎的小蟲兒。另一隻雙頭巨犬看到後嚇了一大跳，於是叼着變成了雙頭小狗的同伴，連爬帶滾的逃跑去了。

「太酷了！莫非這就是星光寶石的力量？」柏宇目瞪口呆。

「哈哈，應該說是星之碎片的力量！」騰騰神氣地說，「很厲害吧！」

「可是，那隻雙頭巨犬一定是回去召喚其他巨犬幫手，我們再不走便會太遲了！」柏宇望着越走越遠的巨犬，說。

「對啊，你們趕快離開魔幻國吧！」騰騰説。

「什麼？你不跟我們回去嗎？」芯言立即拉着騰騰雙手。

「魔幻噴泉的泉水除了能喚醒失去魔法能量的精靈外，更能解救魔法學校內被梅杜莎魔咒石化了的師生。」騰騰一臉凝重的望向遠方，語重深長地説。

「魔法學校……我記起了，是查冬冬把我們傳送到魔幻噴泉來的！萬一他被非勒爾逮住就麻煩了。」芯言緊張地説。

「放心吧，我會與魔法學校校長奧滋丁合力將學校隱藏在光之魔法陣內，黑暝領主就不能輕易找到大家。」騰騰露出温柔的微笑，説，「我完成任務後便會回到地球星找你們的！」

「可是……」芯言躊躇着。

「不用擔心，你最重要的任務是保護你體內的星之碎片，放心吧，我很快便會回去找你們！」騰騰説。

「既然沒有用得着我們的地方，芯言我們走吧！」柏宇灑脱地説，其實是他的肚子在不斷地呼叫。

芯言抱住騰騰，不捨地説：「騰騰，你千萬要小心啊！」

「芯言，謝謝你！」騰騰輕輕在她耳邊説。

道別後，他們站住腳互相對望，等待對方行動。

　　過了數分鐘，騰騰忍不住問：「為什麼你們還不離開？」

　　「我正想問你為什麼還不用魔法把我們送走？」柏宇反問。

　　「不需要我的魔法，魔幻列車會把你們送回去呢！」騰騰錯愕地説。

　　「那麼魔幻列車什麼時候會出現？」芯言問。

　　「跟你們來的時候一樣，只要拿出魔幻列車車票，唸出咒語，列車便會駛來啊！」騰騰説。

　　「可是車票……」

　　「車票不就在你的口袋裏嗎？」騰騰指着芯言的口袋。

　　芯言立即伸手入衣袋，抓出一張黑漆漆的車票，「啊，對了！在到來魔幻國的途中實在太晃了，我好像曾把車票塞入衣袋。」

　　「你這個傻瓜！剛才我們差點沒命，怎麼原來車票一直在你的身邊！」柏宇瞪着芯言，不敢相信。

　　「對不起啊！剛才我太慌亂了，一時間什麼也忘掉了！」芯言一臉無辜地吐吐舌頭，立即唸出車票背面的咒語。

「卡卡西噹噹巴比比……」

「嗚嗚……嗚嗚……」笛響聲由遠至近傳至，在騰騰的送別下，二人進入了魔幻列車。

從魔幻國來的追兵
——賽斯迪！

夕陽把餘暉照着二人疲倦的臉容，夾道而長的各種樹木被灑滿絢麗的金光。

在魔幻國經歷了一整天的奇幻旅程，都只不過是地球的數小時。無論如何，這一天對他們來說實在太漫長了。

柏宇扶着單車慢慢向前走，他問身旁的芯言：「你的膝蓋還痛嗎？」

芯言提起右腳，望望自己的膝蓋，她搖搖頭說，「只不過是擦損了一點點，你不提起的話差點連我自己也忘記了！」

微風輕拂在二人的臉上，經歷如夢一般的刺激旅程後，再次回到屬於自己的世界，柏宇和芯言都感到一份前所未有的恬靜溫暖感覺。

「不知道騰騰現在怎麼了？」風吹動着芯言的細碎劉海兒，她滿懷心事地凝望着飄浮在天上那鑲着金邊的白雲。

「放心吧，他好歹也是一隻守護精靈，他一定能夠保護自己的！」柏宇安慰芯言説。

「嗯！這也是啊！」芯言傻氣地輕輕敲打自己的前額。

二人來到分岔路口，芯言接過柏宇手上的單車，説：「那邊就是我的家，你不用送我了！」

「啊！」柏宇一怔，甩開了單車的雙手一時間不知應該放在哪裏，他抓抓頭搔搔頸，慌忙解釋道，「你別誤會，我根本不是打算送你回家，只是⋯⋯只是爸爸不在家，我要去買東西吃。」

「是啊！你説過你爸爸去了探險啊！那就沒人替你做飯了！」芯言恍然大悟。

「即使爸爸在家，他也不會做飯的！」柏宇撇撇嘴，説罷便揮一揮手自顧往前走。

「不如今晚來我家吃飯吧！」芯言突然把柏宇叫住，她頓了一頓，説，「我媽媽做的菜很好吃的。」

柏宇回頭，第一次被邀請到同學家中吃晚飯，他霎時顯得不知所措。

「別再想了，媽媽一直很想別人讚美她做的菜，快來吧！」芯言歪歪頭，微笑説。

「那⋯⋯那好吧。」心裏興奮的柏宇裝作若無其事

地把雙手枕在後腦勺，與芯言繼續並肩而行。

　　走着走着，芯言想起雖然與柏宇是同班同學，更一起上課已經三個多月，但她跟其他同學一樣，從來都沒有留意坐在課室後排的柏宇。印象中，她覺得柏宇只是一個每天在課堂上打瞌睡的留級生，沒想到原來他見多識廣，而且身手敏捷，他的腦袋也稱得上相當機靈。

　　「柏宇，聽説你去年考試的成績很差所以留級，可是我覺得你不像那麼笨。」芯言打探着。

　　「誰説成績差就是笨的？你的成績都不錯，可是你笨手笨腳，還不是一般的笨啊！是高級的笨啊！」柏宇回復了平日的高傲，以唇舌攻擊芯言。

　　「你……你才是大笨蛋！」芯言憋得漲紅了臉，她忍不住大聲反駁。

　　柏宇偷偷瞄了芯言一眼，覺得她氣鼓鼓的樣子很是可愛，「傻瓜，跟你説笑罷了！」

　　柏宇走了兩步，他輕輕踢開腳尖前的小石子，吐出一口悶氣，「在每年的家長日、運動會，或者是所有比賽，我的爸爸都沒有時間參與，於是班中有一羣很討人厭的同學，常常嘲諷我是沒有人理的孤兒，他們還説了很多很難聽的説話。」

　　芯言怔着，她望着掉進回憶中的柏宇，心裏替他難

過，「他們太可惡了，你別理他們吧！」

柏宇輕輕歎了一口氣，沒有回應。

芯言靈機一觸，瞪大雙眼問柏宇：「難道是這個原因，你才故意當留級生嗎？」

「什麼原因都不重要吧！」柏宇聳聳肩報以苦笑，笑容中令人感到淡淡的悲傷。

「可是……」芯言替他不忿。

「芯言，你看！」柏宇抬起頭來，他指着不遠處的那棟大廈，一臉緊張地説。

芯言朝着柏宇指着的方向望去，她看到其中一個窗戶閃出了一道強光。

「一、二、三……十一，那是我的家呀！」芯言隔空數着樓層的數目，「莫非是騰騰回來了？」

芯言把單車用鐵鍊鎖在路邊的欄杆上，然後一口氣直奔到自己的家中。

「芯言，別掉以輕心啊！」柏宇追着芯言，從後告誡説。

大門一打開，柏宇和芯言都感覺到室內的溫度比外面要冷得多，空氣裏充滿着冰冷的霧氣。

「媽媽？」芯言心裏納悶，她跑到廚房探頭一看，裏面並沒有人，於是她走到其他的房間，叫喚了幾聲，

也沒有得到回應。

「騰騰，是不是你躲着？」柏宇感到寒冷的氣息不斷在攀升，他的目光從房子每一個角落仔細地掃過。

此時，在客廳中央的地面上，突然凝聚着一裊白煙，十幾根晶瑩剔透的冰刺緩緩從地板下冒出頭來，冰刺不斷伸延，變成一株又一株鋒利而尖銳的冰刃。

「是魔法陣！」柏宇望着地上冰刺排列的形狀，緊張地叫道。

地上的白霧慢慢散開，芯言的視線漸漸清晰過來，她仔細一看，「對啊！這些咒文……」

就在這時，一個人影從冰刺做成的魔法陣內慢慢升上來，吸住芯言的目光。

呈現在芯言眼前的，是一張輪廓分明的臉孔，尖尖長長的臉頰載着碧藍色的大眼睛和高挺的鼻子，那寶藍色的頭髮像被風吹過，看上去帶着半點凌亂美。他臉上罩着了一層薄薄的寒霜，挺拔的眉毛尾端還閃爍着幾顆冰花。

「這位可愛的小女孩，」從魔法陣內漸漸露出上半身的少年望向芯言，一雙冰冷的眼睛裏閃出一絲疑惑，「就是你把我哥哥爵尼勒的雙頭巨犬變成那趣緻的小狗嗎？」

「我……」芯言感覺心臟迅速地下墜，心想他是來報仇的嗎？

「你……你是誰？你到底想做什麼？」柏宇見來者不善，於是一個箭步擋在芯言的前面。

「我嗎？」少年的眼神猶如海底般深邃，他掀起嘴角，掮着下巴甩甩頭，不懷好意的把目光穿過柏宇，溜到躲在柏宇身後的芯言身上。

少年那副高挑的身體架着剪裁稱身的騎士服裝，不需多問也知道他是魔幻國派來的人。

「聽説有一位從地球星來的少女闖入了魔幻國，還破解了被封印的魔幻噴泉，我只是好奇，特地過來跟你打招呼吧！」少年的腳尖從魔法陣甩出來，他整個人竟然懸浮在半空。

「哼，闖入魔幻國的還有我，我才是你的對手！」柏宇緊握拳頭，鋒利的眉頭緊張地皺起來，把目光牢牢鎖定在對方身上。

「你想做我的對手？」少年打量着柏宇，冷笑一聲，「可是，在你身上我感覺不到一丁點魔法力量。」

少年伸出一隻手指來，指頭上立即出現一個小旋風，小旋風漸漸擴大，夾着白色細碎的雪花。

「可惡，你竟然小覷我！」柏宇咬緊牙根，暗地裏

把身體內的元素力量凝聚在掌心中。

「轟隆隆！」就在這時，在冰刃做成的魔法陣裏滲出黑色的煙霧，裏頭傳來一把耳熟的聲音。

「賽斯迪，別胡鬧了！收起你的魔法，立即回來吧！」威嚴的聲音滲出令人畏懼的寒意，就連原本意氣風發的少年也面色一沉。

「算你走運！」少年扺扺嘴，不服氣地把雙腳竄進魔法陣內，身體漸漸沒入那些發光的咒文內。

「你等一下吧，可愛的小女孩，我們一定會再次見面的！」地上只剩下少年的頭顱，少年向芯言打了個眼色。

芯言被他如雪霜般的眼神盯着，一下子嚇得心臟噗噗噗噗亂跳。

「快滾吧！」當賽斯迪剩下四分之一個頭部的時候，柏宇趕上前狠狠地踢了他一下，然後伸出五指，向那個冰刃做的魔法陣上釋出一條手臂般長的火舌，快速地破壞魔法陣。

「呀！好痛呀！」魔法陣內傳來賽斯迪的怪叫，還有一股燒焦的味道。

芯言望着融化成一灘水的魔法陣，暗地裏替那個賽斯迪感到痛楚。

「他那頭梳理得很酷的頭髮都被你燒掉了吧！」芯言有一點同情那少年。

「哈哈！看他敢不敢再來惹怒我！」柏宇卻打從心底裏偷偷笑了出來，臉上是無法掩飾的得意神情。

「咔咔……」就在這個時候，門外傳來門鎖轉動的聲音，嚇得柏宇後退兩步。

門緩緩打開了，是挽着兩大袋餸菜的芯言媽媽，芯言與柏宇對望一眼，緊繃的身體頓時如漏氣的氣球，二人深深地舒出一口氣。

「今天這麼早便上完補習課了嗎？」芯言媽媽溫柔地問。

「啊……」芯言一怔，記起自己曠課了，立即扯開話題，向媽媽介紹身邊的柏宇，「媽媽……這是我的同學柏宇，我們被編在一起做下學年的廣播劇啊。」

芯言長得很像她的媽媽，二人同樣擁有一張白皙的臉和一雙水汪汪的大眼睛。

芯言媽媽溫柔地向柏宇微笑問好：「柏宇，你好嗎？」

久違的親切笑容立即令柏宇想起了自己的媽媽，他一時間感到不知所措。

「嗯……今天有很多的功課……我還是先走

了……」柏宇顯得很緊張，他收起了平日愛理不理的態度，慌忙地轉身跑出門口去。

「今天只有兩份功課啊！」芯言叫住了柏宇，「喂……你不是留下來吃飯的嗎？」

「不了，我們明天上課再見吧！」柏宇頭也不回地說。

「芯言……」芯言本想追出去，卻被媽媽的呼喚攔住了。

「為什麼這裏會有一灘水呢？」媽媽皺着眉頭，指着地上的水漬，問。

「那是……」芯言情急下隨便說了個藉口，「對不起，我不小心打翻了水……」

「這麼大的水窪，你不是打翻了好多杯水吧？」媽媽從廚房拿出地拖，帶着怪責的語氣。

「嘻嘻，媽媽，讓我來幫你吧！」芯言接過媽媽手上的地拖，吐吐舌頭說。

望着地上那灘由魔法陣融化成的水，芯言不禁回想起今天發生的事情，經歷了如夢境般的一切，她感到自己已再不是一個膽小怕事的冒失女孩了。她暗自承諾，為了保護身邊的人，她願意拿出從來都沒有的勇氣，面對未來所有艱鉅的挑戰。

「騰騰，我一定不會令你失望的！」芯言緊握着胸前兔子形狀的水晶鏈墜，堅定地説。
　　「因為，我就是被選定的星之魔法少女！」

魔法書，請問……

為什麼梅杜莎的頭顱可以把人石化？

梅杜莎是誰？

梅杜莎

梅杜莎，又稱「美杜莎」，是希臘神話中舉世聞名的蛇髮魔女。傳說她面容猙獰，背上長有雙翼，頭上長滿毒蛇，只要任何生物與她對視，都會立即被變為石頭。

傳說梅杜莎變成蛇髮魔女前，其實是一位長着閃亮金髮，身段玲瓏，受盡人們推崇的美麗女子。可惜她太驕傲自大，自誇比智慧和戰鬥女神雅典娜更漂亮更應該被世人讚頌，這番大言不慚的話剛巧被雅典娜聽到，而自大的梅杜莎對雅典娜的訓斥全不感悔意，雅典娜一怒之下對梅杜莎下了可怕的詛咒，將原本美麗的她變成一個滿頭蛇髮、雙眼會把人石化的恐怖魔女。

一夕間，梅杜莎由人見人愛的美麗女子，變為被眾人避之則吉的怪物，這個打擊令她性

情大變，她憎恨所有的人，更避居在一處人跡稀少的地方。但凡有人誤闖她的居處，都會被她石化，所以她居處的花園滿布一尊又一尊栩栩如生的石像。神話故事到後來，半人半神的英雄柏修斯在眾神的幫忙下，殺死了令人恐懼的魔女梅杜莎，可是她的頭顱仍有着讓人石化的能力。柏修斯最後將梅杜莎的頭顱獻給了雅典娜。

現在我們在一些文物上，都會見到梅杜莎的身影，例如在雅典國家考古博物館和美國洛杉磯保羅·蓋蒂博物館裏，就分別展出以梅杜莎形象做設計的馬賽克地板。如果各位有機會到上述博物館參觀，不妨去感受一下。

星之魔法少女1

星光寶石的魔法

作　　者：車人

繪　　圖：蕭邦仲

責任編輯：周詩韵

美術設計：李成宇

出　　版：新雅文化事業有限公司

　　　　　香港英皇道499號北角工業大廈18樓

　　　　　電話：（852）2138 7998

　　　　　傳真：（852）2597 4003

　　　　　網址：http://www.sunya.com.hk

　　　　　電郵：marketing@sunya.com.hk

發　　行：香港聯合書刊物流有限公司

　　　　　香港荃灣德士古道220-248號荃灣工業中心16樓

　　　　　電話：（852）2150 2100　　傳真：（852）2407 3062

　　　　　電郵：info@suplogistics.com.hk

印　　刷：中華商務彩色印刷有限公司

　　　　　香港新界大埔汀麗路36號

版　　次：二〇一九年四月初版

　　　　　二〇二二年一月第二次印刷

ISBN : 978-962-08-7213-6

© 2019 Sun Ya Publications（HK）Ltd.

18/F, North Point Industrial Building, 499 King's Road, Hong Kong

Published in Hong Kong, China

Printed in China